我本不想告诉你

[美国] 杰奎琳·伍德森 著
张芸 译

译林出版社

图书在版编目（CIP）数据

我本不想告诉你 / (美) 杰奎琳 · 伍德森 (Jacqueline Woodson)著；张芸译. —南京：译林出版社，2022.1
书名原文：I Hadn't Meant to Tell You This
ISBN 978-7-5447-8813-7

Ⅰ.①我… Ⅱ.①杰… ②张… Ⅲ.①中篇小说－美国－现代 Ⅳ.①I712.45

中国版本图书馆 CIP 数据核字 (2021) 第 179191 号

I HADN'T MEANT TO TELL YOU THIS
by Jacqueline Woodson
First published in the United States of America by Delacorte Books for Young Readers, 1994

著作权合同登记号　图字：10-2021-416号

我本不想告诉你　[美国] 杰奎琳 · 伍德森／著　张　芸／译

责任编辑　金　薇
特约编辑　李玲慧　金　羽
装帧设计　韩一默　叶金龙
校　　对　蒋　燕
责任印制　颜　亮

出版发行　译林出版社
地　　址　南京市湖南路 1 号 A 楼
邮　　箱　yilin@yilin.com
网　　址　www.yilin.com
市场热线　025-86633278
排　　版　南京展望文化发展有限公司
印　　刷　安徽新华印刷股份有限公司
开　　本　880 毫米 × 1230 毫米　1/32
印　　张　5
版　　次　2022 年 1 月第 1 版
印　　次　2022 年 1 月第 1 次印刷
书　　号　ISBN 978-7-5447-8813-7
定　　价　39.00 元

[美国] 杰奎琳 · 伍德森

Jacqueline Woodson

- 美国畅销青少年小说及儿童文学作者，1963年出生于俄亥俄州的哥伦布市，目前，她和家人住在纽约市布鲁克林区。

- 伍德森善于用故事描绘棘手且凝重的社会议题，直达读者的内心深处。她的小说获奖无数，包括美国国家图书奖、纽伯瑞儿童文学奖等，还被美国诗歌基金会评选为“童诗桂冠诗人”。此外，她还创作了许多经典图画书，包括美国图书馆协会最佳童书《另一面》、凯迪克银奖作品《回家》以及纽伯瑞银奖作品《领路》。

- 2006年伍德森获玛格丽特 · 爱德华兹终身成就奖，以表彰她在青少年创作方面的终身成就。2018–2019年，伍德森被美国国会图书馆任命为国家青少年文学大使。2018年获林德格伦纪念奖，2020年获国际安徒生奖作家奖。

一百年之后
没人知道这个地方
痛苦曾在这生根发芽
如今它静止又安宁

——艾米莉·狄金森

序

“我们都是人”

常立（儿童文学作家、研究者）

钱谷融先生在《论文学是人学》一文中说，可以把“文学是人学”这句话当作理解一切文学问题的一把总钥匙。所谓“文学是人学”，是说文艺的对象、文学的题材应当是人，人不应当是反映现实的工具，而应当是文学描写的目的；文学创作的一切都是为了人，让读者了解自己及他人，鼓舞读者去追寻更美好的人间生活。这句话也是理解《我本不想告诉你》这部小说的总钥匙。

小说中三次出现了一句话——“我们都是人”。

第一次是在61页，由白人女孩莉娜所说。她说：“白人，黑人——根本没有关系。我们都是人。”

第二次是在72页，由黑人女孩玛丽，也是小说的第一人称叙述者所说。她在向自己的爸爸介绍莉娜时说：“她说，我们都是人。”而爸爸的回应是：“她还相信这个，倒是让人欣慰。”

第三次出现在122页，也是在故事的结尾，是由玛丽在心中所说。她跑去黑人女孩雪莉家时，仿佛听到莉娜的声音说：“我们都是人啊。”

“是的，”我轻声呼唤，伸手去按雪莉家的门铃，“为什么我们不能把彼此当人对待呢？”

小说就在这里戛然而止。故事的主题一目了然，但简单的主题却有着复杂的层次。

第一个层次，是故事外在的背景，是众所周知的白人对黑人的种族歧视。正是这种歧视引发了玛丽父亲对白人的仇恨，以及学校里黑人学生对白人学生的排挤。

第二个层次，是故事内在的背景，小说用第一章做了详细的介绍，展示了歧视的另一个向度，不仅有基于肤色的歧视，也有基于财富的歧视。小说故事发生的大环境是一所黑人歧视白人的学校，因为这里的白人孩子都家境贫寒。玛丽的朋友雪莉，首先率领其他同学欺凌穷白人的孩子莉娜。

第三个层次，是莉娜的家庭隐秘，这就是小说题目中所说“我本不想告诉你”的秘密。玛丽做出过不告诉任何人的承诺，不但玛丽不能说，莉娜除了告诉玛丽，也无法向别人言说，因为说了人们既不会信，也无法给予真正的帮助。这一隐秘的存在，使得莉娜的处境更加孤立、更加绝望、更加“非人”。

由此我们回溯三次出现的“我们都是人”：第一次是莉娜和玛丽深挚友情的起点，第二次是玛丽爸爸心中坚冰的融化，第三次是玛丽和雪莉的和解。这句话每出现一次，“非人”的境况就更好转一些。

第一个向莉娜敞开心扉的是玛丽，这不仅因为她是这个故事的讲述者，也因为她是一个卓越的倾听者。

这就必须提及玛丽的妈妈。她在玛丽更小的时候就离家出走了，并且直到故事结束也没有回来，她时不时从世界各地给玛丽寄明信片，明信片上写着各种各样奇妙的短诗。她的出走，当然带给玛丽和玛丽爸爸许多痛苦，但也深受他们的理解——玛丽爸爸说："有时候，一个人只有离开，才能活下去。"对这样的妈妈，玛丽用了许多时光去接纳，对妈妈寄来的每一张明信片，玛丽都细心地回复（然而从来不寄出）。是啊，这样离家出走的妈妈，依然是妈妈，真正理解一个人，需要近乎无限的耐心、同情与爱。

这样的经历，帮助玛丽走进了莉娜的内心世界，理解了莉娜的痛苦，也理解了莉娜的处境——"有时候，一个人只有离开，才能活下去"。

如果置身于不被当人对待的处境中，又身为一个无力抵抗的孩子，应当怎么办？小说给出的答案是：离开。作者杰奎琳·伍德森在《作者的话》中特意叮嘱青少年："不要害怕，你不是一个人。"

易卜生的《玩偶之家》中，娜拉成功地摆脱了家庭的桎梏，但鲁迅仍不免疑心娜拉出走后会怎样，会不会重返囚牢。《我本不想告诉你》中，玛丽妈妈也成功地逃离了，但我们不会疑心她过得不好而归来。

纳博科夫的小说《洛丽塔》中，相似绝境下的洛丽塔成功地逃离了亨伯特的魔爪，但《洛丽塔》反讽的叙述会让部分读者误以为支配亨伯特的是对洛丽塔的爱而不是邪恶的控制欲。《我本不想告诉你》中，莉娜也成功地逃离了，还带上了妹妹迪翁，但绝不会让人误解莉娜父亲的邪恶，绝不会让人怀疑莉娜因逃离而拥有了一种更美好的人间生活。

也许因为是儿童文学，也许因为想对青少年言说，《我本不想告诉你》虽然毫不掩饰地揭示了生活的残酷与哀恸，但也毫不犹豫地给了孩子坚定的内心与强大的行动力，让她（们）即使身处绝境，也仍然有理解、同情与爱的能力，仍然有改变、完善、创造更美好生活的超能力。

我翻译过一部绘本，其中有这样一句话："想象有一天，你筑的沙堡，可以抵挡最高的海浪。"我想，阅读这本《我本不想告诉你》，就是在修筑一个这样的沙堡，帮助孩子们在未来抵挡现实中的风风雨雨、惊涛骇浪。

目录

人物介绍

玛丽（Marie）

十二岁的黑人女孩，家境优越，很会打扮。在十岁的时候，玛丽亲眼看着母亲离家出走。后来，她与一位转校来的白人女孩莉娜成为朋友，并发现了莉娜深藏的秘密。

莉娜（Lena）

刚刚搬到昌西小镇的白人女孩。穿着破旧的衣服，言行举止一副满不在乎的样子，还会因为神经紧张而大笑。母亲因为乳腺癌去世后，她的生活发生了重大的改变。

迪翁（Dion）

莉娜的妹妹，八岁，喜欢和莉娜去玛丽家喝热可可、洗泡泡浴。

雪莉（Sherry）

玛丽的好朋友，很会穿衣打扮，是学校里黑人女孩中的风云人物。

玛丽的妈妈

会与玛丽分享八卦，但因为渴望空气和自由离开了家庭。她会从世界各地给玛丽寄明信片，分享旅途中的心情。

玛丽的爸爸

俄亥俄大学的教授，深爱玛丽，因为妻子的离开，成了单亲爸爸。年轻时曾遭到白人的殴打，认为在白人的世界里当黑人是无尽的苦难，非常不喜欢白人。

序　章

霍金河流经俄亥俄州的昌西，总会在这里留下一条红泥小径。

这个叫昌西的小镇，以前不是这样的。有时候，我觉得自己就像漫游仙境的爱丽丝，在黑暗里兜转了许久，才见着另一个世界的亮光。昌西也有它的另一面，有它“白”的一面，以及我和莉娜相遇并不顾一切走到一起的中间地带。现在说这些你还理解不了，到后面你就懂了。我对这一切还懵懵懂懂的时候，是很久很久以前了。

只要下雨，霍金河就涨潮，有时还发洪水。有一回，我看见一个缺了胳膊的玩具娃娃从河上漂过。还有一回，我看到一张床垫漂来，当天晚些时候又看到了一副床架，它在河浪里摇摆着对抗波涛。当时我想，今晚，在某个地方，有人只能睡在地上了。

刚搬来时，我听妈妈讲这个小镇从前的样子：很久以前，住在这里的都是白人，他们一贫如洗。妈妈说那时候连生我的念头都没有！当时的他们，可能只顾得上考虑他们自己吧！那会儿住在这里的人都靠政府的救济金活着。妈妈每每说起这件事，爸爸总要纠正她，“是靠社会救济”。妈妈却强调“是靠州政府”。妈妈总能把话说得更体面，但爸爸觉得他自己的说法比较现实。

妈妈离开后，我也变得现实了。

昌西从前是个煤矿小镇，矿工们从这里开始挖矿，一路挖到弗吉尼亚州西部，他们大概在那徘徊了下，看看能不能去肯塔基州挖到什么。后来，一堆法令阻止他们继续挖，他们才停了手，回到了这里。这些回到昌西的矿工，许多都已咳出煤烟，不久就要被尘肺病夺去性命了。他们病重得没法工作，只能靠政府的救济混口饭吃。“人垮了就会这样。”这是妈妈的话。没过多久，官员们觉得这些人不能再靠救济——嗯，应该说，政府不想再救济了。可是镇里的煤矿已被开采一空，附近能找到活干的只有南下几英里的阿森斯了。阿森斯在荒废的地方建了一些廉租房和拖车住房区，然后让昌西人搬到那里，让他们在工厂里工作。昌西渐渐成了荒无人烟的鬼城，只听得见霍金河淙淙流过和小动物在树叶间穿行的声音。

等到最后一个昌西人搬走了，政府又派人过来考察。我们可以把这卖了——当时肯定有人这么想。于是，黑人就成群结队地进来了，人们不再说昌西是一个穷白人小镇，转而开始称它是阿森斯的市郊。渐渐地，从前那些想住市郊但是没钱，或是有钱却被拒绝住在白人社区的黑人，开始在星期天开车来昌西。他们测算过距离，觉得住在这里通勤不是问题。他们在河边野餐，在林中散步，选空地造房子。就这样，昌西逐渐变成只有黑人居住的郊区，商店也陆续开了进来，伍尔沃思、西夫韦、温迪克西超市纷纷在昌西落地。伦道夫公园拔地而起，中央区还有一个小池塘。随后，昌西初中和昌西高中也建成了。

从没有人问起过去的事。那些白人矿工的孩子们以前在哪里玩耍？在新昌西建成之前，他们在哪儿上学？去哪儿买东西？他们是谁？睡在墙薄如纸的屋子里，父亲们的每一声咳嗽都被放大，他们会做什么样的梦？他们睡得暖吗？

新昌西建成的若干年后，工厂计划宣告失败，失业家庭只得重新靠救济过活。有些从没有习惯城市生活的人，四顾茫然后回到昌西，以为这里还是从前的样子。但除了潺潺流过的霍金河，一切都变了，他们发现自己被夹在中间地带。这群“幸存者”不知所措，只得用尽力气重新适应。从前居住的房屋已不在，他们有的在河边搭盖棚户，有的租下尚未废弃的临街公寓，在城市边缘的夹缝中求生存。

当然，这些人现在已经老了，他们的孩子长大成人后也有了自己的孩子。他们的孙辈就是昌西高中的白人学生，也是镇上零星散落的几个白人脸孔。他们通常都待不长久，也很少看到他们和黑人孩子混在一起。有时，刚知道他们的名字，还没来得及在走廊上说声“嗨”，他们就离开了。他们不与其他学生来往，独自缩在食堂最远的角落，低头默默地吃装在油腻牛皮纸里的午餐。

“垃圾。”爸爸插话。在我差不多第一百次向妈妈询问那些白人孩子何去何从时，他从报纸里抬起头说：“一群垃圾。”

“他们也是人，”妈妈纠正他，“穷困的白人。”

第一章

从前妈妈给我写便条，总会在每个句子末尾画一个笑脸，她若觉得便条上的信息特别好笑，还会写上“哈哈”，比如：“我和你爸今晚要去马丁家喝酒打牌，我们将会度过‘刺激’的一晚，哈哈。”妈妈讨厌马丁一家，她说特雷斯·马丁是个色鬼，只要我爸一转身，他不是咬着下唇色眯眯地盯着我妈妈的胸部，就是隆起嘴唇装作要给我妈一个长吻。特雷斯的老婆坎迪丝·马丁是个瘦小的女人，妈妈说她总是战战兢兢的，而且就是因为特雷斯，她才会这么神经质。这些都是昏黄的雨夜里妈妈与我分享的八卦。她跟我讲这些的时候，爸爸要么窝在自己的小房间给文件做标记，要么就是出门跟朋友喝酒去了。妈妈警告我，这些秘密只能在母女之间分享，万万不可传到这间房之外。可我还是告诉了雪莉，说不定雪莉也告诉了其他人。

不过，有些秘密，我守住了，没有告诉任何人。“有时，一个人离开家，可能是想飞走。”有一次妈妈这么说，说这话的时候，她的脸色阴沉、模糊，像伦道夫公园后面的沼泽地。“玛丽，你想飞走吗？”

当然了，我当然想飞。我想升起来，体会身体缓缓离开地面的感觉。“妈妈，空气到底是什么？”在我五岁的时候，有一次这样问妈妈。妈妈用手轻轻抚摸我的后颈，停顿了一会儿，说：“空气，是我们这里缺乏的东西。”

第二章

我曾经梦到自己在飞。我曾经想乘着滑翔伞掠过伦道夫公园的上空。也许，那是我坐在宝宝秋千上的时候做的梦。我记得妈妈把我放进秋千，把我胖胖的婴儿腿塞进银色杠杆下，然后到我身后把我推向空中，一次一次把我推高，直到我感觉自己小小的身躯徜徉在无边无际的天空。

昨晚，我梦见了莉娜。我梦见她带我去坐超大的秋千，我们周围还有其他的孩子在荡秋千。那天阳光和煦，公园里绿草如茵。

莉娜站在秋千上，不时下蹲推引秋千，我们荡得比其他孩子都高。我坐在她两脚中间，抬头望着她笑。莉娜每一次下蹲，膝盖都碰到我的耳朵，我注意到她苍白的膝盖还带有伤痕。秋千每一次降落，空气就填满了我的胃，似乎带着我们往下沉。

“别荡得太高了，莉娜！”我仰头朝她喊，“不要太高啦！”可是莉娜一遍遍将我们俩推得更高，她笑着、唱着、喊着：“让我亲吻天空吧！”[1]

“让我亲吻天空吧。”她的嗓音低沉沙哑，好像在她短短十三年的生命里，已经抽了无数支香烟。“让我亲吻天空吧。”说这话时，莉娜仿佛化身为吉米·亨德里克斯，手持吉他，爆炸头发型在伍德斯托克音乐节[2]的风中飞舞。“让我亲吻天空吧。”吉米的呼喊仿佛从莉娜的肺部呼啸而过。

秋千高高荡起，扫过公园的绿树，扫过叶间的阳光。每当秋千舞到空中，我都感到胃里一阵颤动，感到莉娜的膝盖贴紧着我的耳朵往下压。她的双手从秋千链条慢

1　原句“'Scuse me while I kiss the sky”出自吉米·亨德里克斯的歌曲*Purple Haze*。亨德里克斯称这首歌的灵感来自一个在海底行走的梦。在梦里，他被紫雾环绕，这让他不知所措，迷失了方向。吉米·亨德里克斯（Jimi Hendrix, 1942—1970），出生于美国华盛顿州西雅图，美国歌手、吉他手、作曲人，被公认为摇滚音乐史上最伟大的电吉他演奏者。

2　伍德斯托克音乐节（Woodstock Rock Festival），最早举行于1969年，在美国纽约州北部城镇伍德斯托克附近举行，是世界上最著名的系列摇滚音乐节之一。

慢滑落，她的身形从我的视线中慢慢远去，飘过周边的篱笆，飘过池塘和碎石。她像一个氦气球，缓缓升入蓝蓝的天空。

在梦里，我朝她呼喊，我努力想抓住她，却只抓到一把空气。在梦里，我感到周围都变得空荡荡的，我尖叫：“莉娜，回来！”

但是莉娜只是抿了抿嘴唇，朝着天空飞去了，她的身体变得越来越小，越来越小。

然后，她消失了。

第三章

我本不想告诉你。我对莉娜发誓，我会保守秘密的，我还在胸前画了十字。她对我说：“玛丽，无论如何，你都不能告诉任何人。”说这番话的时候，莉娜的眼神无比忧伤，像一只饿了很长时间的小奶狗。我向她发誓绝对不会说出去，并且握住了她的手。

“放心吧，莉娜，我不会告诉别人的。”我们聚在我的房间一起玩跳棋，莉娜的小妹妹迪翁坐在角落，假装没在偷听我们说话。迪翁哼唱着一首自编的歌曲，一首关于马儿和彩虹的歌，柔柔的声音，高昂的曲调。我又说了一遍：“我不会告诉别人的。”这一次我是看着迪翁说的。

“因为你是我们的朋友啊，对不对，玛丽？”迪翁突然不唱了，啃着手上的死皮，问我。

“我当然是你们的朋友。”迪翁的身后，雨水轻轻地敲打着窗户。我转身对着莉娜，在灰蒙蒙的天色下，她看起来远不止十三岁的年纪。她看着有四十岁，甚至七十五岁。我低头盯着棋盘，说：“我不会告诉任何人的。”

莉娜眼中的哀伤迟迟没有散去，像是随时要哭出来，而且那泪水谁也无法阻挡，就连上帝也不能。不过，她忍住了。那哀伤的双眼背后还有一层东西——像是一层薄薄的钢铁。不论你怎么用力去窥探，都无法看穿。不管你做什么，那钢铁也没法熔化成眼泪。

我愿意对着百万本《圣经》发誓，我愿意对着基督的长袍发誓，我不会告诉任何人关于莉娜的秘密。

但那是很久以前的事了。今天早晨，我从那个秋千的梦中醒来的时候，我知道我可以说出她的秘密了。我好像听到莉娜对我说：玛丽，现在可以了，说出来吧。也许有天，像我们这样的女孩可以卸下恐惧，在这愚蠢的世界自由地飞翔。

所以，我应该从头开始说。

把这个故事告诉全世界。

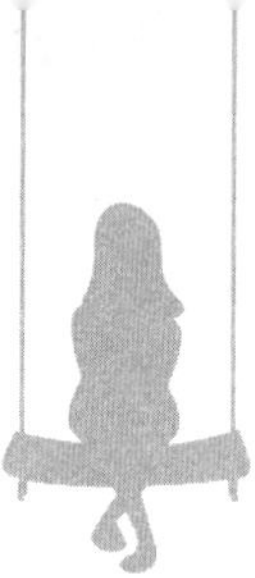

第四章

那是开学第三天，大家刚从暑假缓过神来。莉娜就在那个星期二的早晨走进教室。我们的老师——科里老师——向全班介绍这名新同学。莉娜站在大家面前，低着头，胸前抱着一个笔记本。我打量着莉娜的衣着，不禁皱了皱眉。她穿得很奇怪，鞋后跟磨破了，袜子不配对，更叫人诧异的是，她是个白人。我拿了一本书放在身边的空座上，不想让科里老师觉得这个位置没人坐。

雪莉探过身，对着我的耳朵小声说："白人。"

我点点头，在心里默默祷告：科里老师，千万别安排她坐在我旁边。

就在这时，科里老师喊我名字了："玛丽，请举手。"

我吮了吮牙齿，不情愿地举起了手。

“莉娜，你坐到那儿去吧，”科里老师微笑着对她说，“玛丽会帮你熟悉环境的。”

莉娜缓缓走来，冲我笑了笑，滑进她的座位。我没有还她以微笑，只把书拿了回来。

莉娜个头比我高，留一头褐色短发，像个男孩。要是我爸爸看到她，一定会说这个孩子不太注意个人卫生。她的头发油油的，衬衣的衣领印着一圈污渍。我瞟了瞟她的侧影，她坐姿端正，身姿挺拔。不过，她的鼻子略大，还有点歪。

科里老师给我们上了一堂民权运动速成课。我有点儿心不在焉，因为这些内容我爸爸早就给我讲过一百遍了，他可是参加过华盛顿游行的。为了废除种族隔离制度，爸爸亲身参与了各项民权运动。我爸爸不喜欢白人，他有他的道理。有一次，在佐治亚州的静坐示威活动中，一个白人拿棍子打了他的脸；还有一次，他被逮捕了，只因为他出现在阿森斯的一个白人社区。用爸爸的话说，在一个白人的世界里当黑人，是无尽的苦难，单就这一点，他就可以讲几百个故事。爸爸还说，当他还是小孩的时候，以为无论何种肤色，人和人都是一样的，而长大后，他只以黑白两种颜色来区分这个世界。

莉娜的手在书桌下面忙活，我低头看见一盒纸杯蛋糕。

她撕去塑料包装的时候故意大声咳嗽，想要掩盖拆包装的声音。我往后靠了靠，想看清楚她的手。那双手好脏。

她把蛋糕往我这边推，轻轻问："要不要来一个？"我听见自己肚子咕咕叫。

"不用了，"我说，"上课时不能吃东西。"

莉娜翻了个白眼，把一整个纸杯蛋糕塞进嘴里。

雪莉斜过身子，对我说："那个白人女孩有些自以为是。"我的脖子可以感觉到她说话时呼出的热气。

我点了点头，但没有应答。

莉娜吃完了蛋糕，摊开那本又皱又破的笔记本，开始抄写老师的板书。突然，她转头看着我，小声说："我叫埃琳娜·塞西莉亚·布赖特，大家都叫我莉娜。"

如果爸爸看到这一幕，会说莉娜很热情。她说这话的时候眼神非常严肃，让我忍不住想大笑。

"谁在乎你叫什么？"我说。

"是啊，"身后的雪莉也凑过来说，"谁在乎你叫什么？"

莉娜耸耸肩，继续抄写笔记："我在乎，我就是那个'谁'。"

我跟雪莉认识很久了，我妈妈和她妈妈是朋友。我妈妈离家出走之后，雪莉的妈妈特尔玛来我家安慰我和我爸。我一点也不信任这个女人，我肯定她之前就知道我妈妈要离家出走的计划，尽管她对天发誓自己什么都不知道。特尔玛恐怕也哄了我妈妈，怂恿她出走，是她让我妈觉得：撇下丈夫和女儿出走，一点问题没有。

雪莉身材瘦弱，小手小脚，柔弱可人，可她的脾气却不小。她不生气的时候还是很漂亮的，一旦发怒，就显得面目狰狞，无比刻薄。

那个早晨显得格外漫长。我一直忍不住偷偷瞟莉娜，她有种让我捉摸不透的气质。

午餐时间到了，我们谁都没邀请她，莉娜却自己跟在我和雪莉身后，拿了餐盘，跟我们坐到一起。雪莉和我对视了一眼，没说话。

“你从哪儿来的？”雪莉挖了一口水果沙拉送到嘴里，用质询的口吻问莉娜。雪莉把餐巾纸展开平铺在腿上，然后盯着没动过餐巾纸的莉娜。

莉娜陷入了沉思。她温柔地望着雪莉，眼中满是羡慕。她看着雪莉的蓝底灰条网球衫，要是她再往桌子下面打量，会发现雪莉从上衣到脚上那双黑色的匡威鞋，都是精心搭配好的。莉娜把半个奶酪汉堡塞进嘴里，又转头看我。她不知道，雪莉和我已经连续两年获得学校的“最佳着装奖”，我们俩把这名头很当一回事呢。我把餐巾纸抖开，铺在腿上。那天我身着白T恤配牛仔裤，脚上是高帮靴，搭配一件真皮黑夹克。我这么穿是为了时髦，不到热晕过去是不会把夹克脱下来的。

莉娜顿了顿，手撑着脸，对我说了句：“我喜欢你的头发。”

那会儿我留着短发，编了一头小辫，还戴着头巾。

我耸了耸肩。

“我问你话呢。”雪莉说。

“你说什么？”莉娜对雪莉翻了个白眼，我的肚子抽动了一下。她不知道，雪莉可是不好惹的，怎么能对她翻白眼。

“我问你，你从哪儿搬来的？”

莉娜用手指捋了捋头发，心不在焉地望向餐厅远处，过了好一会儿才转过头看着雪莉。这一次她的目光阴沉又刚烈。“你管我是从哪里来的呢。昌西离哪儿都不远。”

昌西离哪儿都不远。我喜欢这个句子的韵律，在脑中回味这句话。我喜欢莉娜讲话的方式——听起来就像是一个黑人女孩在讲话。有一瞬间，我甚至怀疑她是不是本来就是黑人，只是长得比较白而已。

“你是黑人吗？”我问她。

“当然不是，”雪莉打断我，“她是白色垃圾。”

莉娜的喉结动了动，但她没眨眼。那双眼睛又冷又平，没有一丝波澜。

我们仨都不说话了，我想打破沉默，就对莉娜说：“你说话的口音像黑人。”

“我是白色垃圾。”莉娜平淡地吐出这句话，好像这是一句她听了无数次也说了无数次的话。“白色垃圾。”她又说了一次，这一回语调轻柔了，似乎要让这句话沉浸在她体内。

有种东西融化了，说不清道不明的感觉。我突然觉得很热、很痒，我觉得雪莉靠我太近了，而莉娜飘到了几英里之外。我想发泄一番，我想张开臂膀抱住自己，我想对这个世界发出呐喊：“昌西离哪儿都不远。”我想抹去莉娜破碎的眼神。

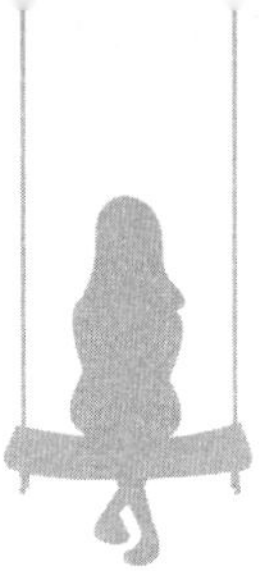

第五章

上午最后一节课的下课铃声响了，学生们作鸟兽散，食堂立马生动起来。莉娜看了我一眼，挤了个微笑。

雪莉起身扔掉餐盘里的垃圾，回来拿她的书本。“玛丽，我们去上英语课。”

我看了看莉娜。她腋下夹着笔记本，又失神了。

“我得教她怎么走。”我的拇指指向莉娜。

雪莉盯着我说：“她自己会找，她又不是傻子。”

“科里老师叫我带一带她的，你也听到了。”

雪莉噘噘嘴：“你这是在当汤姆叔叔[1]啊。”

1　汤姆叔叔是美国作家斯托夫人（Harriet Beecher Stowe）于1852年发表的一部反奴隶制长篇小说《汤姆叔叔的小屋》的主人公，汤姆叔叔是个心地善良且忠心耿耿的黑人奴隶，对白人主人心存宽容且从不违抗。此后，“汤姆叔叔”被用来形容逆来顺受的美国黑人。

我转身问莉娜："准备好了吗？走吧！"

"可别当汤姆叔叔。"雪莉说着，跟一群黑人女孩一起走出了食堂。

"我好了。"莉娜望着雪莉后背，单手拿起餐盘，跟我走过垃圾桶，"我从一出生就准备好了。"

昌西初中和高中之间隔着一段长长的灰色走廊。食堂在高中一层，初中和高中的学生都在这里就餐。从前这儿是体育馆，学校装修的时候，上头的某个领导决定把这里改造成食堂。初中生和高中生通常不混在一起，我也倾向于这样。爸爸说我一来到这个世界就是个怯生生的孩子，而那些高中生更让我感到紧张。虽然我又高又瘦，已经读八年级，但我还是会感到不安。只要一接触他人的眼神，我就露出胆怯。爸爸说："你就像一只暴露在灯光下的老鼠。"

莉娜和我在长廊静静地走着，我们中间隔着一段距离。我注意到她的课表。

最后一声铃响了，我们俩却都没有加快脚步。我一点儿也不急着去上几何课，一点儿也不急着去学习直角和等腰三角形。我问她："你住在哪里？"

"那边的垃圾堆。"她好像看不见眼前的墙，抬手指向墙那头。

“那很远啊，你坐校车吗？”

莉娜耸耸肩，说：“可以坐校车，也可以走路，有时候也会搭个顺风车。”她冲我微笑，还竖起大拇指[1]。莉娜的两个门牙有点重叠，笑起来竟然很好看。

“搭顺风车可能会死。”我一说出口，就意识到这是句傻话。

“站着不动也可能会死啊。”

我们走到了她的教室，我把课表递给她，说：“你的教室到了。”

“我们还有机会一起上课吗？”莉娜问。

我拿回她的课表又看了一遍。“科里老师的历史课，还有本班课[2]……午餐……科学课……”我冲她笑笑，说：“就这些了，到时见。”

莉娜松了一口气，用手整理了一下衬衫才去开门。“谢谢你，玛丽。”

我回她：“好，没事。”便转身走开。

---

1 在路边竖起大拇指是请求搭顺风车的手势。

2 本班课（homeroom），在小学和初中开设。每天固定时段（一般是早晨第一节课）同一班级或年级的学生在这堂课上进行出勤记录，接受教师指导等。

第六章

在妈妈离家以前，我从没质疑过任何人的幸福和快乐。大人就应该很开心啊，他们拥有很多东西，有工作，有自由。看看我爸妈，他们还有我这个叫玛丽·维多利亚的女儿。可是我妈妈看起来就不幸福。许多个夜晚，爸爸工作到很晚才回来的那些夜晚，我总听到妈妈在浴室里哭泣……她打开水龙头，任水哗哗地流，以为这样我就听不见她的抽泣声。我问她为什么哭，她惊讶地看着我，说：“这世上有很多事让人想哭。”

我十岁那年，亲眼看着妈妈离家出走。那天下着雨，她一手提着一个行李箱，没有撑伞，背挺得直直的。她没有回头看我们，也没有道别。我和爸爸站在窗边，我的头抵着窗户。看着她走，一开始我还以为她不出一个小时就会回来。

然而，两年过去了。妈妈从世界各地给我们寄来明信片——法国、立陶宛、西班牙。每张明信片都没有寄信人地址，只有妈妈的自画像——画中的她在户外就餐、在河边驻足、在街边小贩的摊儿上买橙子。每一张都比前一张画得更好。爸爸说，妈妈的梦想是当艺术家。看着这些明信片，我很想知道她的梦想实现了没有。

外公外婆过世后，妈妈继承了一大笔遗产——据爸爸说，那是一笔“她一辈子也花不完的钱”。在我六岁时，外公外婆在一场车祸中去世。爸爸说等我满了二十一岁也能继承一笔钱。爸爸还好奇我是不是也会步妈妈的后尘。我对爸爸承诺，我不会的。其实，我撒谎了。我第一站就要去巴黎，我要在街边的咖啡馆吃奶酪品红酒，看人来人往的黑人女性，在她们之中搜寻我的妈妈。等我找到她，我就带她回到爸爸身边。到那时我们一家将重新团聚，即使这将是很多很多年后。

第七章

妈妈出走后，爸爸成了那个在浴室里哭泣并打开每一处水龙头掩盖哭声的人。我在家里蹑手蹑脚地走动，想听听这并非由死亡引起的悲痛是怎样一种声音。我不知道该怎么释放我的悲伤。我觉得自己的一半已经没了，剩下的那一半不知要怎么完整地活在这世上。听着爸爸的哭声，我才懂得一个人只有在晚上以为别人听不到的时候才能好好地哭。关上门，打开水龙头，哭完了洗把脸，拍拍红肿的眼睛。一个人的时候可以放声大哭。

有天早上爸爸起床后，失落的脸上带着微笑，他给我做了一年以来第一顿热早饭，还到我房间帮我挑了一身衣服。其实在他无心管我的这段时间我已经学会了穿衣搭配。爸爸找出一本蒙了尘的黑色电话簿，逐一打电话给他认识的女士们，邀她们出来玩，看场电影或者吃顿饭。有些女士答应了。爸爸刮了胡子，穿上从前买的一身好衣服，安排了保姆照看我，便出门了。他回头看见我的头倚在窗户上——目送妈妈离开时的那扇窗户，咽了咽口水，转身回到我身边。我看见他眼中重新浮现哀伤。

那天晚上我告诉爸爸："我们班来了个新同学，一个女孩。"我和爸爸对坐在厨房餐桌边，我们俩的餐盘中间铺着报纸。爸爸叉起一块洋蓟菜心送到嘴里，眼睛仍盯着报纸。

"她人好吗？"爸爸头也不抬地问我，他发际线的分布和走向我已经烂熟于心。在我眼里，爸爸依然英俊，不过我注意到他开始脱发了。

"我不清楚。应该还不错吧。她是白人。"

"白人？"他抬起头，嘴唇抿成坚硬的线条，我看到他上唇上方有一小撮黑色毛发。雪莉说过，男人通常在脱发的时候长出大小胡子，这样会造成一种视错觉。爸爸又说："肯定是垃圾。"

我说："她是个人啊。"妈妈的声音在我脑中回荡。

"嗯……"爸爸继续看报纸。

"科里老师叫我带她熟悉环境。"

爸爸微笑着抬起头，摇了摇，问：“唐娜还在教历史呢？”

爸爸跟科里老师毕业于同一个研究生院。他说他从没见过谁像唐娜·科里这样渴望成为一名中学老师。爸爸是阿森斯俄亥俄大学的教授，享有终身教职。

他松了松领带，挪开椅子，问我：“想投球吗？”

“好啊。”

我们来到前院，车库门上方有个篮框，是爸爸装的。他从垃圾桶旁边捞出球，投了个三分球，没进。

“碰运气咯。”我投了一球，没碰着背板也没擦着篮筐，就进了。

“今年秋天你会打球赛吗？”爸爸从我这儿把球扒了过去，越拍越高。

“大概会。我们队可能要来一个新的防守，一个高个子女生。”

爸爸咧嘴笑了。“有个强劲的守卫，你们拿下纳尔逊维尔不是问题。”

爸爸说的纳尔逊维尔中学篮球队已经连续三年打败我们学校了，她们队个个都是身高一米七二的大个子女生。

他连着投进了好几回后，我抢过球投篮赢分。

“嘿，你这丫头！从谁手里抢球呢？”爸爸上气不接下气地问。

“可以从你这儿抢，也可以从别人那儿抢。”我逗他。我又投了一球，这次没进。莉娜的形象突然在我脑海一闪而过。

“爸爸……”

爸爸投了一球，砸中了篮板，在篮筐上停留了一秒，落入网中。“噢耶！”他接住球扔给我。

“我听人说，白色垃圾相当于黑人里的黑鬼[1]。”我停止运球，静静地看着他。爸爸盯着街区远处，看起来像在等人。

“我不喜欢你用那个词——黑鬼。”

“那为什么我们可以说白色垃圾？”

爸爸手叉着腰，嘴角歪到一边。他沉默了片刻。“两个词都不好，白色垃圾的意思要稍微单纯一点儿，它让我们有个可以憎恨的对象。”

“憎恨……”我重复着他的话。

1　黑鬼：种族歧视用语，是禁忌称呼。

“也许不是憎恨，没有那么强烈。”他在思索什么，过了一会儿说：“玛丽，这两个称呼都不好，都不对。可是世界就是这样的，白人憎恶我们，我们也憎恶他们。”

“我倒是觉得白色垃圾这个词说的是被剥夺了公民权的白人，就像黑人……”

“这是科里老师说的吗？”爸爸又咧嘴笑了，“剥夺公民权？”

我耸耸肩，说：“我猜是吧。”

他把球抢了过去，我手放在两侧，看着他运球。

“我们比很多人都幸运。”他停下来看着我，略带哭腔地说：“这是你妈妈离开后我才意识到的。”有一次我听见他跟雪莉的妈妈说：“我连想都不能想她！”我知道这不是爸爸的真心话。他接着说：“如果我们可以熬过这一关，我们就可以熬过任何困难，所以我说我们是幸运的。但我们仍是边缘化的——我们生而为黑人，你没了妈，我是一个单亲爸爸……我打住好了。”

“如果你是个没钱或是没工作的白人呢？那是不是也一样？”

“你说的是新来的那个女生吗？”

“是啊。我从没有跟昌西的白人孩子说过话，她是第一个。我猜她和我同龄。”

爸爸把篮球夹在腋下。“我觉得你还是别太把她放在心上。这些人搬来一阵子又搬去下一个地方。付不起房租，工作不顺利，各种原因。她今天转来的吧？是不是迟到了？”

我点点头。

“她大概待到年中就会离开。”

爸爸重新投球。我眼睛注视着他，脑子里还想着莉娜，有种莫名的力量在鼓动我忍不住去想莉娜。

第八章

我看过一个让我心情复杂的电视广告，是关于电影还是快餐还是长途电话什么的，我记不清了，什么主题并不重要。我就记得广告片里有一幕镜头，爸爸把女儿揽入怀中，给了她一个大大的拥抱。父女二人那么自如，那么幸福。这幕镜头始终让我感到迷惑。广告中的父女看起来那么自然，那么亲密，好像他们一直就是这样相处的，从没有变过。我一直觉得，到了一定年龄——比如说十二岁——你的爸爸出于顾虑，就顺理成章地完全不触碰你了。也许是因为你的乳房开始发育，也许是因为你变得安静了，或许还因为几年前你的妈妈离家出走了。不管是什么原因，你的爸爸不再拥抱你了。只是，我偶尔忍不住想：拥抱有什么不对呢？亲吻女儿的脸颊有什么不妥呢？偶尔拍拍她的肩，告诉她一切都会好起来的，这些举动又能有什么害处呢？有人能告诉我吗？

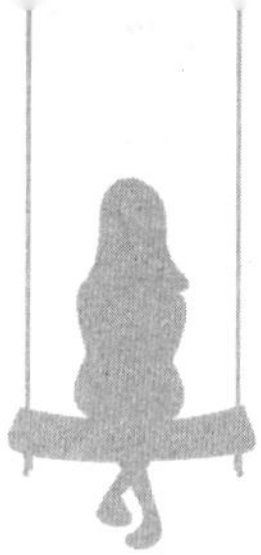

第九章

莉娜走路的样子有时候显得十分颓丧。我在学校拥挤的走廊里走在她身后，常有一种想把她的背拍直的冲动，我想把她的头拎起来，让她的眼睛别一直盯着地面。有时候，她也会把背挺得笔直，像一面坚不可摧的钢铁墙。看到这样子的她，我又有点儿害怕她会突然转过身来，发现我跟在她背后，然后勃然大怒。

我曾看到妈妈厌恶地甩开爸爸的手，好似爸爸的手是一条恐怖的蛇。接着，妈妈闪电似的从他身边退缩，好像被他碰一下就会被灼伤。最后，妈妈纵声尖叫，涕泪横飞。她的尖叫声大到我根本听不清她说了什么，只能感受到她言语的情绪。爸爸伸出手试图安抚妈妈，那是一双黝黑的、颤抖着的手。那时候我们家弥漫着恐惧，药箱里都是医生开给妈妈的抗抑郁药：百忧解、地昔帕明、苯乙肼、曲米帕明。爸爸不是担心她服药不够，就是担心她服用过量，还怕她某天早上醒来突然呼吸困难，氧气不足窒息而死。

莉娜不和学校里其他的白人学生来往，雪莉又指使所有的黑人学生远离她，所以莉娜一直孤零零的，一个人冷漠、肃穆地穿越走廊，直到我和她并肩走。

“你干吗总是盯着那个女孩？”雪莉眼睛看着莉娜，质问我。莉娜抬起头冲我笑，露出歪歪扭扭的牙齿，我感到我的嘴角也微微上扬。我们坐在食堂的餐桌边，莉娜跟我们隔开好几个座位。

我耸耸肩，然后仔细想想雪莉的问题。这几个星期雪莉很讨厌，谁只要看莉娜一眼，她就对谁颐指气使。直到这一刻，我才意识到我早已厌倦了她的霸道。

“因为我愿意啊，雪莉。我就是想瞧她啊。有问题吗？”

雪莉瞅了瞅和我们坐在一起的另外两个女生，其中一个叫克丽丝特尔的女生冬天跟我一起打过球。她看看我，又看看雪莉，不自然地笑了笑。

“你这是想拍她的马屁啊！”雪莉故意抬高声音让莉娜

听见，而且不只莉娜，邻近的四桌都听见了。

我一贯对雪莉小心忍让，面对她的挑衅，我咽了一口口水。

雪莉转头问克丽丝特尔：“你不觉得她就是想拍马屁吗？”

克丽丝特尔耸了耸肩。

“我可没想要拍谁的马屁……”

“就想拍她的呗。”雪莉冲莉娜扬起头。

我觉得刚吃下去的午餐又涌回喉咙里了。我和雪莉是老朋友了，我现在才认识到，我们的友谊之所以可以维持这么久，是因为我不敢不和她做朋友。女生都围着她转，都听她的吩咐。倒不是因为她说的话有什么道理，只是大家被她的穿着、发式、走路的样子吸引了。今天她的头发梳得光溜溜，在脑后扎起一根马尾。她平时都披着头发，戴上金褐色卷发圈衬托一下。我用手指转着自己的一根发辫，望向食堂远处。我们旁边坐了一桌想跟我们这群女孩子搭讪的男生。我翻了翻白眼。雪莉和克丽丝特尔懂得怎么跟男生调情——怎么欲擒故纵惹他们注意，怎样的走路姿势能引起男生的兴趣，怎么摆动身体部位能让男生争先恐后要坐在我们身边。

昌西中学的许多女生都羡慕雪莉，我也不例外。要不是沾她的光，我也不会得“最佳着装奖”。我一直在模仿她的穿衣搭配，后来我大胆尝试了自己的风格，才有了自信——我完全可以把自己打扮得像模像样。

“我不想拍任何人的马屁。”说出这话的时候，我意识到自己已经拍了雪莉的马屁很多年。我起身，把座椅推后，猛地端起餐盘，打翻了牛奶。“我尤其不想拍你的马屁！”说完我就走了。我感到每个人的眼睛都盯着我的后背，莉娜也盯着我。这些聚焦的目光快要把我后背烧出洞来了。

我听见雪莉在身后说：“你可真没劲，土——得——掉——渣！”

所有人哄堂大笑，莉娜也跟着笑了，笑声低沉又空洞，听起来她在努力笑得比别人都大声。

第十章

莉娜倚在厕所门口，对我说："我不是在笑你。"

我不想让她看见我哭了，就一直洗手。我说："我不管你在笑谁，反正你笑了。"

"她是你最好的朋友吗？雪莉？她是你什么人？"莉娜说着走进来，手撑着水槽边缘坐了上去，接着开始晃荡双脚。她的跑鞋破旧不堪，像穿了一千年。

我往脸上拍了拍水，想去拿擦手纸，可是两个擦手纸架子都空了，我只好进到一个厕所里扯了长长一卷卫生纸。

"她是你最好的朋友吗？"莉娜又问了一遍，声音大得好像我在一英里之外。

"你问过我了，"我走出厕所，"她是我什么人也不关你的事。你说你没在笑我，那你在笑谁？"

莉娜仰头看了看日光灯，眯着眼睛说：“是因为我神经紧张。”

“为什么会神经紧张？”

她翻了翻白眼。“我笑是因为紧张。我爸说我妈也有这个毛病。事情失控的时候，她就会笑。全是因为神经紧张。”

“她现在还这样吗？”

莉娜定睛看了看我。“我怎么可能知道？”

“她是你妈，你怎么不知道。”

“我妈妈不在了，死了，因为乳腺癌。她从没抽过烟，却得了癌症。”莉娜低头看了看自己平坦的胸脯，说：“我大概不会死于这个病。”她挪开视线，开始咬小拇指。莉娜的目光空洞，好像在看什么，其实什么也没看。

“抱歉。”

“又不是你的错，你不必抱歉。”

最后一声铃响了，莉娜从屁兜里掏出一根压扁了的香烟，在墙上擦燃了火柴，把香烟点上。

我紧张地四下环顾。在昌西中学被逮到吸烟，罪名就跟谋杀老师差不多严重，都是要被立即开除的。

“你吸烟会被开除的。”我一边警告她，一边收拾我的书包，说：“我得去上课了。”

莉娜猛吸了一口，透过浓浓的烟雾斜眼看着我，说：“他们抓到我之前我就会扔掉。你妈妈还活着吗？”

“我妈妈出门漫游了。”我喜欢自己吐出的“漫游”这个词。

莉娜呼了一口气。“她离家出走了？”

“嗯，离家出走了。”

莉娜会意地点点头。“你妈一走了之，你就像挂在晾衣绳上的衣服，无人理睬。”

我们对视了一会儿。我想看她眨眼，她却一眨都不眨，她死死地盯着我，像是要把我放大，搜寻我身上的秘密。不知怎的，我也饶有兴趣地盯着她。也许是她讲话的方式吸引了我，也许是她那双悬在空中、前后晃荡的双脚，让人暂时忘却了世间一切烦恼，只注意到她唇间升腾的烟雾冲向头顶的日光灯。

终于，我起身离开，说：“我得去上课了。”

“玛丽……”

“嗯？”我转过身。

莉娜从水槽边跳下，把香烟摁在墙上掐灭，习惯性地扇了扇空气中的烟雾。她看了看烟头，放回口袋。

“你爸爸……他……人好吗？”

我耸耸肩：“作为爸爸，他还算不错吧。”

“他会和你一起，做一些事吗？”

我点头：“他教我打篮球，相当不错。他可能更希望我是个男孩。”

莉娜显得有点不耐烦。

“你有自己的房间吗？”

我给她撑着门，说：“当然了。”

“你喜欢他吗？你爸爸？”

“嗯，我想是吧。”

莉娜把笔记本捧在胸口，一边走一边盯着我，她那双褐色的眼睛充满了疑惑。我从没见过谁有莉娜那样的眼睛，仿佛可以容下世间所有的情绪，同时又变幻莫测。“你爸爸是个完美的人吗？他是不是这世上最完美的人？”

莉娜这么问，让我想到她转来我们学校第一天，我和爸爸的那番对话。我摇摇头说：“他并不完美。谁会是完美的呢？你和你爸爸住在一起吗？”

莉娜点点头，目光转向别处。她说：“我还有个妹妹，她八岁了。”

“你的爸爸是完美的吗？”

我们走到莉娜的教室门口停步。她探头望了望。我们俩至少迟到十五分钟了。莉娜说：“没有多少人是他喜欢的，他把这里叫作黑鬼学校，说我喜欢黑鬼，因为我曾有个黑人朋友，一个黑人女孩，我跟她特别要好。我爸爸不喜欢我和别的肤色的人混在一起。我跟他争辩过，我说现在都已经是九十年代了。可他说如果上帝真的希望不同肤色的人混杂在一起，他在造人的时候就会让所有人都是一样的肤色。”

听了她这番话，我微笑着说：“我爸爸也不怎么喜欢白人。他总把‘白色垃圾’这词挂在嘴边。”

莉娜的脸抽动了一下。我怪自己不该讲这些。

我告诉她：“我爸爸参加了民权运动，还挨了打。”

“玛丽，从第一天起，我就知道你与众不同。”

“是吗？”我有些受宠若惊。

莉娜点点头，说：“你有自己的想法。”莉娜笑了，笑得很漂亮，只不过看着还是有些忧伤。

妈妈离家出走前，曾说：“我生命中最糟糕的时候终于要过去了。”莉娜此刻的表情让我想起了妈妈的那番话——似乎她也经历了艰难的一生，尽管她还没老。

你经历了什么？我很想问问莉娜，想知道她与众不同的人生经历。也许我把她想成了另一个人，也许我并不知道她本来的样子——就像从前我把雪莉当朋友，从前我以为妈妈永远会在我身边。

“你在想什么？”莉娜问。

“没什么，只是……我想我得快点儿到教室。”

莉娜手扶在门把上，问我：“那个雪莉，她是你最好的朋友，对吗？我一来就搅乱了。”

“不是你搅乱的。”

“你爱你爸爸吗，玛丽？爱他胜过世上的一切吗？”

我点点头。

莉娜再次把目光从我身上挪开。“我也想，可是我不能……我希望我可以爱我的爸爸，可以爱他胜过世上的一切。”

“你为什么不能呢？”

莉娜低头看着地面，轻声说：“因为他爱我，他太爱我了。”

“再多的爱也不嫌多啊。”我说。

莉娜背靠着门将门推开，眼睛仍盯着我。她身后的课堂瞬间安静了，大家的视线都放在她身上，看着她缓缓走进教室。

“你对别人这么说时没人会相信你，大家都说这是不可能的事。”她轻轻地说。

我沿着走廊离开，到半路又停下来，我能感到莉娜在身后盯着我。我转身望着她，我们俩都没笑。我说：“因为每个人都想得到更多的爱啊。”

莉娜摇摇头：“并非每个人。”说完她便进了教室。

第十一章

妈妈从阿姆斯特丹寄来了明信片。

我离家时，带了这几样东西：
几盘磁带、几本书和几件冬天的衣物，
当时没料到这些就是我全部家当了。

我现在拥有的东西少之又少。

需要的时候，就拿走你需要的。
你还记得吗，我是这么教你的。
为防下雨天，多带一些吧。
春天不打招呼就来了，

你才发现绵绵春雨中，

自己竟然还穿着冬天的羊毛大衣。

一双袜子也没有。

爱你们的，我

第十二章

爸爸发誓他一点儿也不恨我妈妈离家出走，可我很难相信他说的是真心话。妈妈走后才两天，我就撞见爸爸在客厅里边哭边撕烂他们的结婚照，鼻涕眼泪一齐流下来。妈妈走后一个月，既没有来信也没有电话，爸爸就把妈妈留下的衣服统统装进大纸盒，外边用粗大的记号笔写着“救世军”[1]。

被我撞见这一幕，他说：“来帮帮我吧。”

我们默默地叠这些衣服。

叠到某一件裙子，一条裤子，想起她穿这些衣服的样子，我坐到床边忍不住啜泣。

“别哭了，”爸爸狠狠地说，“这家里的哭声都够哭一辈子了。”他看着我腿上铺满了衣服，连摸都不摸一下，好

1 救世军（Salvation army），国际性宗教及慈善公益组织。

像怕碰坏它们。

我小声答："我没哭。"

看着他把最后一摞衣服放进箱子里，用胶带封好，我忍不住问："妈妈去哪儿了？"这个问题我忍了很久都没问，每一次想问，都看到他用眼神暗示我：不要再问了。此刻我不管了，不管他的眼神有多么想遏止我，我一定要问出这个问题。

爸爸缓缓地回答："有时候，一个人只有离开，才能活下去。"

"可是爸爸，她在这里也活着啊。她在这里活得好好的。"

爸爸捧着我的头，把我拥入怀中。后来很长一段时间他碰都不碰我一下。早知道这样，那一次我会紧紧地拥抱他，抱住他不放。

"你妈妈出门漫步去了，她要找一个能让她感觉……幸福的地方。"

"为什么？"我扑在爸爸肚子上痛哭，"为什么我们不能让她觉得幸福？"

他猛地抽泣了一下，重复了一次："有的人，只有离开才能活下去。”

妈妈离开两个月后寄来了第一张明信片，上面写着：我在佛罗里达——礁岛群，我兴许会从这里去古巴。你们知道的，我一直都很向往古巴。你们俩都是我深爱的人。戴安娜。我和爸爸静静地坐在厨房的餐桌上，我们中间放着这张明信片。他读了又读，翻过来盯着背后的棕榈树看了好一会儿，才把明信片又放回桌上。我重复了爸爸的动作，我们俩把这张明信片翻来覆去看了不下二十遍。佛罗里达。古巴。

“她会回来吗？”

爸爸耸耸肩。

“是你逼她走的吗？”我的眼睛盯着明信片，问他，“是你逼妈妈走的吗？”

“玛丽，是她自己非走不可。”爸爸回答。

“可是爸爸，这里是她的家啊。”

“她说……这里氧气不足。”爸爸皱起眉头。“外公外婆去世后，你妈妈就很恐惧，她害怕自己还没有好好活一场就死去。你能明白吗？”

我摇摇头。我不能明白。这里是她的家啊……她的角色是母亲，她应当照料我们的。

“也许有一天，你会比我先懂，”爸爸说，“我只能说，戴安娜不得不走。她觉得自己再不走，就要憋死在这儿了。”

我突然感到一阵害怕，我问爸爸：“那我怎么办呢？”

他的眼角闪着泪光。“你不会有事的，我不会让坏事发生的。”

那一刻我多想他能紧紧地抱住我，让我痛快地哭一场。我想要我的妈妈。

爸爸说：“你会长大的。你要活下去，我也要活下去。我们都会没事的。”

“好吧，”我重复他的话，“我们都会没事的。”

可是我们都错了。没了妈妈的家毕竟是不一样了，房子处处都提醒着我们她的缺席。

我听见一沓报纸落在门口。我趴在桌上，咽了咽口水。我在脑海中想象妈妈乘飞机去古巴的画面。她会在那里见识到什么呢？那里也会有一个小女孩每天早晨等她来梳洗打扮吗？

我记得妈妈第一次对我说，她可以一石二鸟。那天，妈妈在浴缸里放满水，又加入了象牙牌沐浴露，很快浴缸的边缘就开始冒出大大小小的泡泡。她把我放进去，又从洗衣篮里飞快地翻出几件衬裙和裤袜，说："反正这些也要洗的！"她笑着把打湿的裤袜淋在我头上，我喜欢裤袜和衬裙滑过我身体的感觉，我被逗得咯咯笑。

"都是往事了。"我对着复合地板说。

第十三章

莉娜和我是怎么好上的已经不重要了。我感觉冥冥之中她一直在那里，这个和我一样没了妈妈的女孩，像我的灵魂伴侣。

课间走在学校走廊，她总在我毫无察觉的时候从旁边冒出来，摇晃她褐色的小头，装作漫不经心的样子，好像她的突然出现是再自然不过的事。午餐时，她和我们坐在一起，话不多，但我从她一边吃饭一边抬头往这边瞅的样子看得出来，她渴望加入我们的小团体，我们讲的每句话她都听得格外仔细。

转眼间，莉娜转学过来已经三个星期了。有一天，雪莉在走廊逮住我，问：“玛丽，你真要跟她混在一起啊？”雪莉朝莉娜的方向示意。莉娜站在不远处等我，重心在两脚间换来换去，注视着我们。

我耸耸肩，说：“偶尔咯。一旦你稍微了解她，就知道她人还不错……”

雪莉深吸一口气，甩甩头发，吐出一口气，说：“玛丽，你看看她那个样子，脏兮兮的，穿衣服也不讲究，一股寒酸样儿。我真搞不懂你喜欢她什么。就算有人拿刀抵着我的脖子，我也不会跟这种人混在一起的。”

我瞟了瞟莉娜。她确实邋遢，今天的头发看起来洗过，但仍旧是乱糟糟的一团。她上身穿了一件男士衬衫，还缺了好几颗扣子，下身是一条松垮垮的牛仔裤，膝盖都磨破了。

“她是寒酸。”我说。莉娜看了我们一眼，又挪开视线。“但是，雪莉，她没了妈妈。”

雪莉扬了扬眉毛。放学的铃声响了。校车已经在外面排队等候，莉娜之前就问了我可不可以跟她一起走路回家。

“你也没了妈妈啊，”雪莉说，“可是你没有像她那副寒酸样啊。”

我点点头。一瞬间我竟有些生莉娜的气。雪莉说得没错，但凡一个头脑正常的人都不会让自己看着那样破破烂烂的。

“我不会再跟她混了，”我说，“就今天最后一次吧。你也知道，我不喜欢白人。”我瞟了瞟莉娜，又加了一句：“尤其是白色垃圾。”

听我这么说，雪莉满意了。她说：“我晚点去你家。我现在要去‘杰克和吉尔’[1]。我们俩可以一起复习，准备一下讨厌的历史考试。”

我再次点头。妈妈还没离开的时候，我和我妈会一起去“杰克和吉尔”，雪莉和她的妈妈也会一起去。昌西的每一个黑人孩子几乎都是“杰克和吉尔”的会员，这本身就是一个全黑人的社团组织。我已经两年没去了，我受不了那儿一个个怜悯的眼神。再说，那是一个跟妈妈一起参与的社团。我妈妈离家后，雪莉几乎从不跟我谈论“杰克和吉尔”，也不谈论任何会提及我妈的话题。其实我真希望雪莉可以问我，问问有关我妈妈的事。有时，我巴不得有人来问我，这样就可以告诉他们我脑子里都在想些什么。

1　杰克和吉尔（Jack and Jill of America），美国大萧条时期由一群非裔母亲成立的组织，旨在为非裔儿童创造文娱空间。

第十四章

我和莉娜一起走了十分钟，我一言不发。“你为什么这么安静？”莉娜问我。我家离昌西中学至少一英里，我有点后悔自己没有跳上校车，而是选择在这儿陪莉娜步行。今年的十月热得很不寻常。汗水从我脖子流下来，滑落到我的后背，痒痒的。

我停下来，把背包放在地上，扯下袜子，乐福鞋里面全汗湿了。我把袜子收成球状，扔到背包里。

“因为天又热又闷，你又这么脏兮兮的。”我咬牙切齿地回答。我想指出她衣衫褴褛，讥讽她。我想用言语刺痛她。

她一点儿没有退缩，反问我：“哦，是吗？好吧，不过我穿得破烂，跟你不理我有什么关系呢？”

莉娜把衬衫领口拉大，朝里面吹气。

我盯着她说：“看看你这副样子，你根本不在乎自己的形象！”

莉娜目不转睛地答：“我知道自己是什么样子，我不就是你们嘴里的白色垃圾吗？没钱又不漂亮的白人，你们都称为白色垃圾，不是吗？难道我不可以表达自己的政治立场吗？”

“你完全可以不这么邋遢啊。为什么不收拾收拾自己呢？如果你真的要表明政治立场，把衬衫上的扣子缝好，这样才会有更多人支持你啊。”

莉娜咬着下嘴唇，我能清晰地看见她脖子一侧的血管在跳动。她瞥了我一眼，说：“我想我该从我的几百万美元里拿点儿钱，再去买点儿好东西。我该大摇大摆去百货商店买几身穿到学校的衣服，顺便再去做个发型。”

“我不是那个意思，莉娜。我知道你没那么多钱。但你可以把这身衣服洗干净，好好地用洗发水把头发洗一洗……”

“我把头发剪短就是为了不用洗！”莉娜几乎尖叫出来，她声音嘶哑，好像随时要哭出来。

我也冲她喊：“还是要洗的啊！你得注意自己的形象。生活就是这么残酷。你不把自己收拾干净，大家就会远离你——”

“我想要别人远离我，每个人都离我远点，特别是……”莉娜的声音在颤抖。她安静了一会儿，小声说：“因为每天早上我都急着带着我的妹妹出门，早点离开家。”她盯着我，问：“你真的不知道我在说什么吗，玛丽？你就不明白吗？”

我握住莉娜的手，那是一只出奇柔软的手。她愣了一会儿，脸上露出痛苦扭曲的表情。她小声啜泣，没有流出一滴眼泪。

莉娜悄声说：“我敢肯定，你可以在家光着身子，你可以自由锁上浴室的门，你每天早上可以对着镜子好好欣赏自己……不用担心会有什么事。”

路过的人们投来忧虑的目光。一个黑人妇女经过我们身边，用怀疑的目光打量着莉娜，问我怎么了，需不需要帮助。我觉得很尴尬，于是把莉娜从人行道中间拉到路边，靠在伍尔沃思的外墙，装出一副随意的样子，以免再引起路人的关注。

我多少知道莉娜在说什么。我听说过这种事，但从未觉得它会发生在我认识的人身上。在我印象里，这种事只发生在那些生活在第三世界的可怜女孩们身上，只发生在和家人蜗居在狭小公寓的女孩子们身上。或是在美国南部。难道这种事，昌西、俄亥俄也有？怎么可能发生在莉娜身上？这个跟我一同步行回家的女孩，我的同桌，这个衣衫褴褛、笑起来嘴巴歪歪的女生，这个双眼有着无尽悲伤的女生，我的朋友……莉娜，真的遭遇了这样的事？

“我们走走吧。”我拉住她的手腕，坚定地说。

她用手背擦了擦鼻子，说：“我爸爸对我动手动脚。”

“不会的。这怎么可能……”她现在情绪稳定了，我放开她的手，让她自己走。

“是真的，玛丽。我妈死后他就开始这样了。有的时候他甚至……”

“莉娜，别说了，我不想听！”我捂住耳朵，“你在撒谎。没人会做那种事，没人会对自己的女儿那样。”

“是真的，”莉娜微弱地回击我，“不过都不重要了，是吗？因为你也没法反抗自己的爸爸。”

我的舌头死死地抵着牙龈，我感到自己有想要打她的冲动，她怎么可以对我撒谎呢，怎么能撒这种谎呢？！“埃琳娜·塞西莉亚·布赖特，你这个骗子，你这个肮脏的骗子。

没有哪个爸爸会那么做的。你无非是想获得关注。”

莉娜停下脚步，抓住我的手臂，我的泪水涌了上来。一群小男生从我们身边走过，咯咯笑着，但没有停下来。“放手。”我命令她。可是莉娜抓得更紧。

她说：“你什么都不知道，因为你爸爸从不对你那样动手动脚……”

我想象她爸爸解开她的衬衣扣子，像对待情人那样对待她……

我忍不住尖叫：“当然不！我爸爸才不会那么对我。从来不会！”

莉娜放开我的手臂，泪水从她鼻梁两侧滑落。“我没有理由撒谎啊。我为什么要撒谎呢？要是我能选择，我希望他像……你的爸爸那样。”

“不会的，你不会希望你爸爸像我爸爸这样。”我们俩又并肩行走了。我试着回忆上一次爸爸抚摸我是什么时候，哪怕是一个睡前的额头吻，但我根本就想不起来。

“玛丽，我当然希望我爸爸能像你爸爸那样。只要我爸爸不盯着我，哪怕他觉得我在这世上消失了也好。你以为我想要引起注意吗？我恨不得没人注意我。我巴不得自己有隐身术。”

我默默地走在她旁边，她的声音若隐若现。我想到了自己的爸爸，想到自己第一次来月经，他喊了雪莉的妈妈过来给我普及生理知识。雪莉的妈妈教我怎么用卫生巾，还告诉我卫生棉条也可以，不过我得再大一些才能用。雪莉的妈妈跟我讲月经相关的生理知识时，爸爸捧着一杯咖啡在厨房等着。我想起爸爸总是跟我保持距离，想起他想抚摸我的脸，也只会轻轻碰到我脸颊旁边的空气。我无从得知那双手是柔软还是长了茧，他的嘴唇是湿润还是开裂的，他的拥抱是轻的还是软的。

“莉娜，那是种什么感觉？”我想知道爸爸的抚摸，或者任何人的抚摸是什么感觉。这跟多年前妈妈的抚摸有什么不一样？

我不禁摇摇头。几分钟前我还诧异莉娜的手怎么这么软。我回想，上一次触摸别人，或者被别人触摸，是多久以前的事了？

“他摸我，让我觉得自己是这世上最肮脏、最丑陋的东西，”莉娜拿手背擦了擦脸，“那种感觉，就是我这么脏，不值得每天早上浪费水清洗自己。你爸爸肯定不是这样的。他如果让你有异样的感觉，你会知道的。”莉娜吐了一口口水，重复道：“如果他一摸你就让你觉得恶心，你会知道的。”

我走到街角停下。“我要在这儿转弯了。”

莉娜朝我家那条路望去。这里绿树成荫，道路两旁是一栋栋粉刷好的房子，门前是修理整齐的草坪。“玛丽，我没撒谎，”她说，“我从不撒谎。”

“我得回家了。”

“玛丽，别告诉别人，好吗？”

我耸耸肩。“告诉别人什么？”

“我刚才告诉你的事。”

“你刚才没告诉我什么啊。至少我什么都不相信。”

莉娜问我：“你能把我当朋友吗？有没有可能？我已经很长时间没有好朋友了，连个可以说话的人都没有。”

莉娜的声音透着拼命要抓住救命稻草的绝望。我回她：“你为什么觉得我可以成为你的倾诉对象呢？为什么你觉得我会愿意听你倾诉？”

莉娜把手插入衣服口袋里，看了我一眼，又看着地面。“因为亲眼看着妈妈离家出走的人，是不会对别人刻薄的。”

“我没说我妈妈是离家出走的。我说的是——”

“但她确实抛下你走了，不是吗？”

莉娜盯着我，等我回答。我一言不发，她接着说：“我妈妈死的时候，我就不再怨恨了。怨恨有什么用呢？”她从口袋里掏出手，捋捋头发，动作像是拿了一把剪刀给自己理发。“你可以带着怨气生活，但还是有人会死，还是有人会互相残杀，还是有人会修建教堂对着上帝祈祷，还是有人会伤害自己的女儿……”

“你到底要说什么，莉娜？”我不想承认她说的都是对的。抛开外表，我们是两个相似的人。

她皱起眉头，摇了摇头。“没什么，也许我只是想倾诉一下。”

“浪费时间吗？”

“算是吧，”她说，“想让你在这多留一会儿。”

我们互相看着对方。我想一把抓住莉娜，甩去她身上所有的哀伤和冷酷。我在那一刻想要了解关于她的一切：她的童年是怎样的，她信仰过什么，爱过什么人。我想张开双臂抱住她，呼喊：“欢迎回家。”但是我没有。我们俩就那样沉默地对视着。

“你觉得我们可以做朋友吗？”

“我表示怀疑。再说了，你干吗想跟一个黑人交朋友？你应该跟昌西中学的白人孩子们混在一起啊。”

“因为我们都没有妈妈。我们有共同的话题。”莉娜说这话的时候又开始咬嘴唇，她的上齿咬住下唇。“我们可以互相了解失去妈妈的感受。白人，黑人——根本没有关系。我们都是人。”

“但肤色不同确实是有区别的。”我说。

“为什么非要区分呢？”她话音微弱，这一字一句我却听得清清楚楚。这句话在空中飘荡了一秒，就落进我的大脑定格了。

第十五章

那天夜里我睡不着，我不停想着莉娜——她在哪里？是否安全？在学校，只要有和她同科目的课，我就会焦虑。某个周末，我经过一处垃圾场，莉娜有次指给我看那片被人遗忘的住宅区，那里的房子都年久失修。望着这些破败的房屋，我不禁想，这一座座窗户开裂、墙皮剥落的房子之中，哪一个是莉娜的家呢？我不自觉放慢了脚步，看着一张张满脸胡子茬儿的白人男性，想着：他们当中会有莉娜的爸爸吗？

十月底的时候，天气转凉了。我不情愿地收起秋装，拿出冬天的大衣。

星期六，我早早地出门，等不及感受户外的气息。

风刮得很猛，我的耳朵和指尖都感到一股刺骨的寒冷。走到伍尔沃思商店转角处，我撞上了莉娜，一屁股坐在了地上。我们俩睁大眼睛对视了一会儿，忍不住扑哧笑出来。

她过来扶着我，问："你急急忙忙要去哪儿？"我这才发现自己一直无意识地朝她的街区走，我已经习惯到这里看房子和房子里进进出出的人们。我也不知道自己为什么这么做。

"莉娜，这是谁呀？"发问的是个身材瘦小，留着长长褐色头发的小姑娘，她的鼻子和莉娜长得一模一样。

"迪翁，这是玛丽。我跟你说过的那个同学。"

迪翁瞪了我一眼，跺着脚走到莉娜身边，说："你可没告诉我她是黑人啊。"

莉娜抓起迪翁的衣领，晃了她几下，对她说："你要是这么没礼貌，当心我把你当作洗碗布拧！"莉娜发出嘶嘶的声音吓唬她。

迪翁的下嘴唇抖了抖。她摸了摸刚才被莉娜抓过的衣领，发牢骚道："我不过是说说嘛。"

我笑了笑，拍拍迪翁的肩膀，说："嗨！"

迪翁绷着脸，说："嗨。"

轮到我发问了："莉娜，你怎么没来上学？"莉娜已经一个星期没来学校了。她看起来干净了些，但穿的还是一团糟。她的头发长了些，软软地耷拉在眉毛上。

“迪翁生病了。”

迪翁接上莉娜的话说：“我感冒发烧，吐个不停，吐得像尼亚加拉瀑布。”

我忍不住笑了。比起莉娜，迪翁的脸庞更加甜美，更加天真。可她一开口，沙哑低沉的声音，让人觉得她已经活了一千年。我看着她们姐妹俩，猜想她们妈妈讲话的声音是不是也这么沙哑。

我突然问：“想不想来我家喝热可可？”

迪翁抬头，充满期待地看着莉娜。莉娜耸耸肩，说：“好吧。”她把迪翁的大衣扎紧，扣好扣子。

“太好啦，”迪翁说，“在这里，我的小屁股要冻掉啦。”

莉娜瞥了瞥迪翁，说：“我们只是出来散步的。”

“外面太冷了。”我说。

“知道的。”莉娜牵起迪翁的手。我们并肩走了几分钟，没说话，迪翁轻轻哼着歌，一路踢着小石子。我偷偷看了莉娜一眼，她歪着嘴笑了笑。

我问她：“你还好吗？”

莉娜摇摇头："会好起来的吧。"

走到我家花园，莉娜睁大了眼睛环顾四周。

"到了。"我说着打开前门。

我们进屋，迪翁压了压自己的咳嗽声，悄声问："这是你家吗？"

我带她们俩穿过客厅走到厨房。我爸业余时间喜欢做点儿木工活，他把家里的厨房打造得像《房屋花园》月刊里的样板间。厨房的木地板是我帮他一起抬进家的，灰色岩石板也是我搭手帮他一起安装的。厨房中央是一块橡木中岛，天花板上的银色挂钩上吊着各式铜锅。爸爸打掉了厨房的第四面墙，安上了一整面玻璃，这样我们做饭、吃饭的时候都能一眼望见花园的景色。

莉娜和迪翁逛着、欣赏着我家。

"这是我见过的最最漂亮的房子了。"迪翁抱着我说。她爬上厨房中岛的高脚凳，兴奋地转起圈来。

莉娜喝住她："不要这样！"

我说："没事的！"接着，我把牛奶和可可粉倒进开水壶，又打开冰箱找鲜奶油。

"鲜奶油！"看到我把一盒鲜奶油放到厨房台面上，迪翁兴奋不已："我最喜欢鲜奶油啦！"

我们喝下第一口热可可的时候，爸爸回来了。

"有人开派对没邀请我哦？"爸爸皱着眉头问。

我介绍他们认识。迪翁和莉娜诚惶诚恐，结结巴巴地向我爸爸问好。我的心脏也突突突跳个不停，我意识到这是我第一次请白人来家里 。

"爸爸，是我请她们俩来家里喝热可可的。"

爸爸点点头，说："好。"他从果盘里拿了个苹果，转身走出厨房，嘟囔着："热可可。"

"他大概要把你的屁股打开花了吧！"迪翁瞪大了眼睛说。

"迪翁，你闭嘴！"莉娜喝住她。

我起身去倒热可可，也对她说："迪翁，你闭嘴。"

第十六章

妈妈又寄来明信片，这一次是从法国南部。

此生此世，你会经历某些完美时刻。

当你看到阳光刻在冰上；

当你听到一首心仪的歌曲，

回想起在长岛享用的一顿晚餐，

只撒盐，不加番茄酱的洋葱圈。

尽管你已记不清服务生的样子，

记不得她手中拿的什么颜色的笔，

或是她的胸前有没有佩戴一枚“你好，我是……”的标签。

你不记得，冰冷的空气，

是如何刺穿你的耳朵；
也不记得，抬头仰望太阳的时候，
眼睛如何被灼伤。
脚下冰冻的池塘发出沉重的叹息，
终于扛不住，在你身旁裂开一道缝，
溜冰的人快速滑过，全然忘我。

此生此世，
也许你有一小时用来悲伤。

爱你们的，我

第十七章

那天晚上，爸爸经过我的房间，探头问："我可以进来坐会儿吗？"

我当时正趴在桌边写英语论文。莉娜和迪翁几个小时前就离开了。

"可以啊。"我感到紧张。

爸爸坐在我床边，抬头看了看墙上的鲍比·布朗[1]的海报。海报上的鲍比上身赤裸，手放在裤裆上。爸爸看着海报摇摇头。

"那两个女孩……"他终于开口了。

我转过椅子，面对他。"是莉娜和她的妹妹迪翁。我跟

1　鲍比·布朗（Bobby Brown），1969年2月5日出生在美国波士顿，是20世纪80年代末到90年代初最耀眼的节奏布鲁斯明星之一。

你提起过的。”

爸爸点点头，问：“雪莉呢？”

我低头看着双手。“有时候雪莉让我感觉很糟糕。她总是对我呼来喝去，好像我就该听她指使似的。”

“我一直以为你们俩是好朋友。”

“我们是朋友，但她有时候真的很霸道。”我抬头看着爸爸，说：“说起莉娜……”

“刚离开的那个女孩？”

我点点头，接着说：“雪莉总是说莉娜这不好那不好。难道我看不出来莉娜是个什么样的人吗？”

爸爸的舌头抵着嘴巴一边。他看起来很疲惫。

“玛丽，你愿意跟谁玩、不跟谁玩，我从不干涉……”

“我知道啊……”

“我不喜欢她们两个的样子。你看看她们穿的衣服，看看她们的眼神……”

“那不是她们的错，爸爸。她们没钱。”

“她们有些不对劲。”他说。

我打断他：“是她们的肤色不对劲吧。”

“是的，”爸爸接过我的话，“这么说也对。白人可以在这世上来去自如，只是我们不必和他们做朋友。”

“可是爸爸，我想和她做朋友。我不是被逼的。我喜欢她。”

“你了解她吗，玛丽？你了解这个国家的种族历史吗？我这些年跟你讲的，你全没有听进去吗？”

“我当然把你的话听进去了。可是你还活在六十年代。现在已经是九十年代了。很多事情已经变了。”

爸爸叹了口气，揉揉太阳穴。他看看我的房间，床头柜上放着一张我和妈妈的合影。照片里的妈妈眼神明亮，笑意盈盈。爸爸扫过照片，又环顾四周，最终把目光落在我身上。“玛丽，你在哪里？”

我抱臂，回答：“昌西，俄亥俄。”

爸爸点点头，继续问：“你住的附近都是什么人呢？”

我咕哝着答：“黑人。”这个问题我已经回答过无数遍了。

“你知道这里为什么住的是黑人吗？”

“因为我们要团结在一起。只有这样，我们黑人才能生存下去。”我再一次背诵标准答案。

爸爸靠近我，问：“玛丽，你到底能不能明白这话的意思啊？”

“嗯。”

爸爸摇头、叹气，轻轻地说：“我不想看到我的宝贝受伤，我不想这个女孩闯入你的生活，喊你一声‘黑鬼’，再抛下你离开。”

“爸爸，我相信她。她和别的白人孩子不一样。”

“你了解她的家庭吗？”

我哽咽了：“她妈妈死了。”

爸爸的眼神柔和了些。不过，他很快起身，走到门口。

“玛丽，你已经长大了，可以为自己做决定了。”他握住门把手说道，“宝贝，小心些。”

“爸爸，你知道莉娜怎么说吗？”

“她说什么？”

“她说，我们都是人。”

听到这番话，爸爸的眉间起了一丝皱纹。“她还相信这个，倒是让人欣慰。”

第十八章

妈妈又寄来明信片。印度尼西亚，巴厘岛。

一眨眼，我就会错过人生这一刻，

那稚嫩的，充满渴望的岁月，

滴水时光，未能幸存。

在我放手之前，

在我变老之前，

在我太害怕，不敢抓住绳索和空气落地之前，

我想抓住生命，握紧它，与它共舞。

爱你们的，我

莉娜读了这张明信片，递回给我，什么也没说。我们俩坐在伦道夫公园的池塘边，看迪翁在冰面上滑来滑去，她的脚上是一双普通的运动鞋。我打了个冷战。我们头上的天空一片阴沉、灰暗，也许快要下雪了。

“她的结尾为什么要那样写？”莉娜发话了，“‘爱你们的，我。’好像她在恳求你们也去爱她。你还爱她吗？”

我点点头，把下巴塞进大衣里。“她总归是我妈妈。”

“那也不代表什么。”莉娜捡起一块石子扔向冰冻的湖面。

“代表我必须得爱她。”

“不，不是的。血缘也不代表一切。”

“莉娜，血缘当然有意义。”我们俩坐得很近，肩并着肩。过了几分钟，莉娜把头倚在我的肩上。她的头骨在我肩上硌得慌，同时又很暖。我转过头嗅嗅她的头发，那是一股我不熟悉的味道。

“血缘不过是一场意外，”她轻轻说，“人们总认为，要是和某个人有血缘关系，那就得爱这个人。”

我把明信片翻过来，看背后的图画：一群打扮成精灵的小女孩，围成圈跳舞。

“我不是非得爱她才爱她。我爱她是因为我知道她为什么要离开。”

“为什么？”

“她要是不走，就会死在这里。”

莉娜抬起头看着我：“你没跟我说过她生病了啊。”

我点点头，说：“她确实病了。她总是说自己受够了。”

迪翁滑向池塘最远处，转了个圈，再滑向我们。“以后我要有自己的溜冰鞋。”说了这一句，她又滑走了。

“有时候我也感到自己受够了，”莉娜说，“什么是‘稚嫩的渴望’？”

“我爸说，那句话的意思是，她对一件事物的渴望就像一个小孩子渴望一样东西——毫无顾忌地想要得到，怎么说呢，我猜就是很想很想得到吧。”

莉娜对着池塘皱起眉头说：“哦。”

“你怨恨你妈妈的死吗？”

莉娜耸耸肩。“那不是她的错。”

“我妈妈离开也不是她的错。她别无选择，才离开的。”

“稚嫩的渴望。”

“是啊，”我把莉娜的头揽回我的肩上，“稚嫩的渴望。”

第十九章

“你发呆的时候，在想什么？”几个星期后的一天，我问莉娜。

我们坐在我的床上，中间隔着一盘跳棋。我们俩手指相扣，衬着我黝黑的皮肤，她的手显得更加苍白。她也盯着我们的手，我们都被这鲜明的黑白对比给迷住了。

来我家之前，我们把迪翁送到图书馆，那是她最痴迷的地方。如果我们太早去接她，她是要发脾气的。

这一天距莉娜第一次来我家已经过去五个星期。现在她已是我家的常客。爸爸一直不太情愿，后来倒也接受了我的选择。有天晚上，他来我房间道晚安的时候，说：“你的这几个朋友，还是不错的。也许她们会在昌西待上一段时间。”我不知道爸爸为什么转变了态度，我也不敢问。也许他看到我和莉娜在一起是真的开心，也许他看到黑白之外还有其他的颜色。“真希望是这样。”我闭着眼睛回答。有一刻，我真想坐起身来，一股脑告诉他莉娜经历的事情。但我死死咬住舌头，没敢出声，一直忍到泪水布满了眼眶。要是对爸爸和盘托出，他会不会一把抓住我，逼我发誓离莉娜远点儿？他会不会觉得莉娜是个满嘴谎话的疯孩子？思来想去，我觉得告诉爸爸还是太冒险了。也许我的想法有些自私，但是我不能冒这个险。要是他不允许我跟莉娜交朋友，我会一蹶不振，活不下去的。

“我在想我的生活啊，”莉娜回答，她的眼睛仍注视着我们的双手，“我想我的妈妈，想到她去世前后。有时候我想，妈妈肯定早就察觉到自己得了癌症，她肯定能感觉到胸部的肿瘤。可是我们太穷了。有一次我听到爸爸说，妈妈的乳房是爆炸了还是怎么的，因为癌症扩散了。我还听到医生说，如果发现得及时的话，妈妈还有救。妈妈当时一定很疼。她肯定疼得牙齿都咬碎了，可是我们根本没钱救她。”

我哽咽了，不知道该说什么。我只想到自己失去妈妈，这样算不算自私？我妈妈离家出走之前，是不是也十分痛苦？每天跟我、爸爸生活在一起，其实这不是她想要的生活。她渴望身在别处，做着别的事——这种痛苦是不是也像癌症一样？这是不是就是爸爸说的：有时候你得离开才能活下去？

“我还想，没了妈妈的我和迪翁，会长成什么样子？我爸爸又是这么一个人。”

自从上次在伍尔沃思门口的那场谈话，我们再没有谈论过莉娜的爸爸。这个话题让我觉得浑身发痒不自在，好似我的皮肤被扒开，暴露在空气中。

莉娜冲我微笑，“说不定有一天，我跟迪翁就离开了，就那样一走了之。”

“你会去哪里呢？”我半信半疑。

莉娜耸耸肩，说：“我现在经常去些地方。我爸碰我的时候，我就想象自己飞走了。砰！我就不在这里了。泰国、科罗拉多州、蓝岭山脉。那些我听说过的名字很美丽的地方，我想象它们在现实中是什么样的……直到爸爸停下来。”

“你为什么不告发他呢？莉娜？为什么不告诉警察？我们想想有谁可以帮我们！我陪你一起去……”

莉娜盯着我：“这些人来了又能怎么样呢？把我们带走，把我和迪翁安置在不同的地方，让我这辈子再也见不到她？”

“也许事情不会像你想的那么糟糕。”

“玛丽，事情已经很糟糕了。就在妈妈死后，有个女社工来我家探视，我告诉了她，我说爸爸总是要我睡在妈妈以前睡觉的位置，然后那个社工就抓了我和妹妹，带我们离开了家。”

“她把你们带去哪里了？”

莉娜叹了一口气：“他们把迪翁送去了纳尔逊维尔的一个家庭，把我送到肯塔基附近的一家人那里。这些人都不错，只是他们不该把我和迪翁分开。那个女的总是过来道歉，说她也无能为力，因为找不到愿意同时收留两个女孩的家庭。”

“现在你们俩又团聚了。也许这一次不一样呢……”

“我们逃跑了！”莉娜的腿止不住地抖动。她的身体和灵魂好像分离了，身体不听大脑的使唤。她深吸一口气，双手放在腿上，试图让它们停止抖动。“我查到迪翁被送去的领养家庭，就立刻去找她，我一路搭便车、偷钱、偷食物。可是，我们也没有别的地方可去，只好又回到爸爸这里。从那之后，一旦有人嗅到我们家不对劲，他就带我们姐妹俩搬家。”

听着莉娜的讲述，我仿佛在观看一场别人的电影。我越过跳棋棋盘，握住了她的手腕。她是真实的，温暖、瘦弱，那么的真实。我的鼻子发酸，不得不张开嘴大口呼气。

“没人能帮我们，”莉娜低头看着跳棋棋盘，“不管发生什么，玛丽，请你千万不要告诉别人。”

“我不会的。”我轻声答应。

窗外的雨滴轻轻打在我的窗户上。我呆呆地望着雨滴，在想：为什么这个世界这么愚蠢？莉娜、迪翁和我，我们仨是这么无助。我们的生活好像是别人随手扔过来的，然后加上一句：“不好意思，我们最多只能做到这样了。”我弓起膝盖，抵着下巴，双臂抱腿。为什么这愚蠢的世界不能让我们稳稳当当地做个小女孩，安然度过这一生呢？为什么我们遇见的人要把我们的生活搞得这么糟？

“莉娜，你爸爸是个什么样的人？你还爱他吗？”

问了这个问题，我转身靠她更近，近到我的额头可以感觉到她的气息。莉娜抓紧了我的手指。

“我只能爱他啊。”她声音沙哑地说。

“为什么？”

莉娜的头随韵律轻轻地摇摆，那韵律只有她自己能听见。“因为如果我不爱他，就只剩下我和迪翁了。万一迪翁出了什么事呢？那就只剩我自己了……我这个愚蠢的白色垃圾。”

“你不愚蠢，你也不是白色垃圾。你是你。”

“我又是谁？”

“埃琳娜·塞西莉亚·布赖特。”

“埃琳娜·塞西莉亚·布赖特，”莉娜轻声重复我的话，“是啊。”

我们都沉默了。几分钟之后，莉娜说：“要是身边有人死了，我会恐慌，你明白吗？就像有人把你的脚底都抽空了一样。”

“所以你依然爱他？”

莉娜点头，问我：“你妈妈离家出走之后，难道你没有更加爱你爸爸吗？”

“是的。”我答。

“对吧？你仅有的一点，会抓得更紧……哪怕……”

“可是，你不担心万一……万一怀孕怎么办？”我问。

莉娜咬着下唇。“他没对我那样。”

我很想问，她爸爸究竟对她做了些什么，又是怎么做的。我有成千上万的问题涌到嘴边，就是没问出来。莉娜的思绪又飘远了，她看起来像一个空壳，像天空一样无边无际，我知道她不会再多说什么了。

外面雷声响起。我闭上眼睛，不愿去想这世上还发生着什么，昌西或者别的地方，我都不想知道。

第二十章

我们输掉了跟霍金队的第一场篮球赛，比分68：49。教练还说这算不上惨败，可没人相信她。我坐在长凳上，汗流浃背，浑身瘫软，脑子里嗡嗡作响，回想着赛场上的高光时刻。新来的两个控球后卫没什么作为，我们整支队伍都难以掩饰对她们的失望。

比赛中途我望了望观众席，看到莉娜和迪翁坐在一个年长的白人男子身边，那男子都老得可以当她们的爷爷了。我的心往下一沉，霍金队从我手里抢过球，得分。整场比赛我一直听见迪翁沙哑的声音尖叫：“玛丽，加油！”

篮球赛结束后，我问莉娜：“那个人是你爸爸吗？”球场上，人们已经开始陆续离开。一群人从我身边走过，拍拍我后背，祝贺我在球场上的表现。他们看到莉娜，都朝她投去疑惑的目光。迪翁在赛场的另一边自顾自地投篮，一个球也没投进。

“是的，”莉娜说，“他在车里等着。我爸爸对篮球和体育项目感兴趣。不过迪翁大声替你加油的时候，他很不高兴。”

“我耳朵都要被他揪掉了。”迪翁从球场的那头大叫，“我们有车了，你知道吧？”她好像生怕我会质疑似的，又加一句：“我们也不是那么穷。”

一股暴怒涌到我的喉咙尖，我咽下一口口水。“我想杀了他，莉娜。”

莉娜摇头，“那又能怎么样？”

我的指甲死死地扣住手掌心。这个人凭什么敢踏进这个篮球场半步！“我真应该告发他，真应该把他揭发出来。”

莉娜抓住我的手，握紧我的拳头，低声说：“你发过誓要保守这个秘密的，千万别威胁他。”

“你真该剁了他。”我抽出被她握紧的拳头，眼泪涌上眼眶。“下次你准备一把刀！你为什么要由着他啊？”我想尖叫，想把什么东西狠狠地打一顿。“你肯定喜欢他对你这样！”

莉娜看着我，好像我刚打了她。“迪翁！过来！”她转身走开，迪翁没有理睬，继续运球。

我一点也没觉得歉疚，一丝都没有。他们都是怪人，一家子都是怪人。我讨厌这一家人。“我说对了，不是吗？莉娜，你喜欢这样。”我从没有这样憎恶过某个人。

“你给我闭嘴！你……你这个……”

“怎么了？你要叫我黑鬼吗？”我内心巴不得她这么叫我，这样我就有理由打她了。真的打，狠狠地打。

莉娜哭了起来。“不要恨我，这不是我的错！”

我抱住手臂，闭上双眼，在眼帘背后看到那个又老又丑又苍白的男人。他是我见过的最丑陋的人。我意识到这不关莉娜的事。我的愤怒全部来自这个人。可他人这么老，肤色这么白，还是个男人。我有一百个理由不该对这样一个人发怒，不管我有多愤怒。

“不是我的错啊。”莉娜摇晃着我的肩膀又说了一遍。我睁开眼睛看着她，她看着那么老，那么沧桑。也许她到了四十岁就会是这副模样。或者到七十五岁。

“我知道的。”我轻声说着，握住她搁在我肩膀上的手。我不知道我们究竟是谁在颤抖。

莉娜擦擦眼泪，说：“玛丽，这不是我的错，不要恨我。”

我对她笑着说：“爱哭鬼。”

“你才是爱哭鬼。”莉娜破涕为笑。

我们什么也没说。迪翁在另一头对着长凳踢球，然后又跑去捡球。

终于我开口了：“看上去，我吹口气就能把他吹倒。”

莉娜转过头，面露尴尬。“他不年轻了，大概快五十岁了。他这一生也很不容易。”

我不买账，接过她的话：“嗯，谁的人生又容易呢？”

“今晚是他提出要来的。他说要有个爸爸的样子，跟我们一起参加亲子活动。他尽力了，我爸爸他真的尽力了。”

我翻了个白眼，又看看迪翁。

莉娜说：“我一直把迪翁带在我身边，这样比较安全。”

“太不公平了。”我说。

雪莉和一帮女孩经过我们身边。

“嘿，你们俩一个WT，一个UT。”雪莉冲我们说，其他女孩子都附和她笑起来。有人说：“玛丽，球打得不错！”可我没听清是谁说的。

我向莉娜解释："WT是白色垃圾，UT是汤姆叔叔。"

"我猜到了。你走路回家吗？"

"我爸爸在楼上等我。说不定他正和某个女人谈情说爱。你要不要叫你爸爸先走，你跟我们的车回家？"

莉娜摇摇头，说："他不会同意的。我得跟他回家。也许晚一点我可以偷偷溜出来散散步。今晚夜色不错，星星都出来了。"

"你不是要搭顺风车出走吧？"

莉娜微笑说："不是的。"

"你发誓？"

"我发誓。"

"好吧。我再不去洗澡，这球场的墙就要被我熏化了。"我对着腋下吹了一口气，做了个鬼脸，把莉娜逗笑了。

"迪翁，该走了！"莉娜冲迪翁大喊。

迪翁放下球，穿越球场跑过来，拍拍我的臀部，问："大家就是这样拍你的吗？"

"是的！"

"为什么大家都要拍屁股呢？"

"因为大家都这么拍啊！"我说。

“真恶心，”迪翁抓住莉娜的手，“我们下次还想去你家喝热可可。”

“喝多了热可可，肚子里会长蛔虫的。”我说。

迪翁挑起眉毛，说：“你骗人！你骗人！”

“谁骗人，谁小狗。”我轻轻推推她的头。“有件事你们知道吗？”

“什么？”她们姐妹二人同时问。

“你们俩的名字都来自黑人女孩哦。”

迪翁手放臀部，说：“我的名字才不是黑人女孩的名字呢。”

我学着她说：“我的名字才不是黑人女孩的名字呢。”

“也许我们是肤色较白的黑人吧。”莉娜说。

迪翁看看她的手背，说：“莉娜，我们是白人，我以为我们是白人啊。”

“明天见咯。”莉娜笑着，把忧心忡忡的迪翁拽出了篮球场。

第二十一章

感恩节的前一周，莉娜频频说起她可能要离开。一开始我没在意，以为她说的是她爸爸对她动手动脚时，她想象中的那种离开。但没过多久，她越来越认真。

“我和迪翁，等我们走了，如果我再也见不到你，请你相信，玛丽，即使身在别处我也会想念你的。”

说这话的时候她坐在我对面吃午餐，费劲地剥一根半熟不熟的香蕉。她装出随意说说的样子。这一桌就坐着我们俩。雪莉和她那帮朋友们跟我们隔着几张桌子，时不时往我们这边瞟一眼，我注意到她的眼神里有一丝以前从未有过的渴望。一些篮球队友坐在我们隔壁桌，她们倒是友好，可我也不想聊体育。莉娜出现之前，我不知道昌西中学存在着这么深的种族隔阂。游泳队都是白人，篮球队则是黑人占主导地位；田径队的短跑运动员全是黑人，长跑运动员则全是白人。

就在我想着这些时，莉娜的话让我回过神来了。

“你刚才说什么？你们要在学期中去哪里？”

莉娜耸耸肩，咬了一口香蕉。我自己讨厌香蕉，也讨厌看别人吃，于是我挪开目光，恰巧与雪莉的眼睛对上了，她迅速挪开视线，转向她的小团体。

“我是说如果，”莉娜回我，“如果发生什么事，如果我没有机会跟你说再见……”

“会发生什么事？”

“我不知道，”她的声音变微弱了，“就是说万一吧，万一有什么事，你要知道你对我是很重要的。”

“为什么要告诉我这些？你到底在计划逃去哪里？”

莉娜环顾了食堂。“记不记得我跟你提过，那个我爸爸讨厌的黑人女孩，我的好朋友？”

“嗯？”

“我走的时候都没机会跟她道别。还有我的妈妈，我也没来得及跟她道别。”

我点点头。此刻我真想伸手越过饭桌摸摸她的肩，可是我没有。也许很多年后，我会后悔自己没有这么做。我只是摸了摸她的手。

莉娜会意地微笑了下，说：“每天早上我把迪翁送到学校，我都抱抱她，亲亲她，因为你不知道意外什么时候会来……”

“是啊，我们无法预测。”我脑中闪过妈妈离家出走的背影，那越走越远、越走越小的背影。

“让我亲吻天空吧！”莉娜轻声唱起了这首歌。“让我亲吻天空吧！”

我笑了，“你从哪听到的这首歌？”

“这是吉米的歌啊。”莉娜的语气好像在质疑我怎么能不知道这个歌手。我当时大概一脸茫然。“玛丽，是吉米·亨德里克斯。”

“嗯，我知道吉米，不过不知道他写了哪些歌。”

“吉米最棒了。我有一张他的海报，可是爸爸不让我挂起来。对了！我有东西给你。”她放下手中的餐食，把书包搬到桌上。

“给我的？”

“对啊。”

莉娜递过来一个扁扁的褐色包裹。我慢慢撕开，那是一幅彩色铅笔画，蓝蓝的天空，垂柳悬在湖面上——我从未见过那样湛蓝的天空。湖水里映着每一片树叶和树枝的倒影。整幅画布满了蓝色、绿色和金色。

我小心翼翼地捧着这幅画，生怕把指纹印上去。我问莉娜："这画好美，是哪里来的？"

"我自己画的，"莉娜说，"我从伍尔沃思偷了一盒彩色铅笔。他们标价四美元呢！开玩笑，我才不会为一盒廉价的彩色铅笔花四块钱！除非我开着跑车来买！"

我看着她。

莉娜很快改口："我不会再偷啦。这一盒应该能用很久。说不定到时候我就有钱买新的了。"

"我不知道你这么会画画，认识你这么久了我都不知道你有这个才华。这幅画真是太美了。"

莉娜脸红了，说："没什么啦，你真的喜欢？"

"我好喜欢。这幅画是那么的……宁静。"

"宁静，"莉娜轻轻地重复我的话，她靠过来和我一起欣赏，"是啊，这幅画很宁静，不是吗？它真的给你宁静的感觉？"

我点点头。

“我也有同感。画画的时候，我就进入了另一个时空。没人能打搅我。所以我喜欢画绿树啊河水啊阳光啊。你觉得很俗气吗？”

“一点也不俗气。很棒，很完美。”

“真的吗？你真这么觉得的？你觉得我将来有没可能成为一名艺术家？”

“照你这么画下去，肯定没问题！”

莉娜望向远处，说：“这是我的梦想。我最最渴望的。我谁也没告诉，这是我最大的梦想。别人听了肯定会说，像我这样的女孩指望长大当艺术家，肯定是疯了。”

“莉娜，只要你不放弃，每天坚持画画，画什么都行，走到哪里画到哪里。”

莉娜的眼睛亮了。“我现在每天都画画呢。没有纸的时候我就在纸袋上画，有时候我在厕所里画，迪翁在外面嗷嗷叫说她要憋不住了，可我硬是要等到画完才让她进来。我一直一直画。”

我盯着这幅画作，说：“亲吻天空。”

“嗯？”

“这幅画让我联想——或许有个人想亲吻天空。”

莉娜也看着她的画，轻声说：“亲吻天空……我好像在亲吻天空。”

“还有别的歌词吗？”我问。

莉娜笑了，她的双眼再次闪烁光芒。“有啊。不过那些都不重要。”

第二十二章

那一年的昌西第一次迎来了秋老虎，十一月的气温竟然冲到了二十一度。大家都没有预料到天气会这么热。我们把大衣顶在头上，或者把袖子系在腰间。天气暖和的时候，我常常和莉娜一起去伦道夫公园。这个公园离我们各自的家都有些远，不过我们都习惯了步行，我习惯了在走路时感觉大腿和小腿肌肉的收缩。莉娜走路很快，两条腿迅速交替向前，脚步踏在路面上突突响。我们并肩走在街上的画面看上去多少有些奇怪吧，在我们唯一的一张合影里（大街上一个男人拿宝丽来相机拍的，那人说如果我们允许他再拍一张，就把这张照片给我们——莉娜说这人肯定拿了照片回家对着它做不好的事），我惊讶照片上的我和莉娜竟然这么美。太阳快落山了，我们身后是一抹灰粉色的光。莉娜注视着相机，而我没有，我只有四分之三的脸被拍入了镜头。那男人拍下这张照片时竟捕捉到了一丝什么——一种我从没在我们俩脸上看过的表情——那表情仿佛在说：相片里的这两个女孩对世界失去了信任，不过她们准备要摧毁这一切。照片中的莉娜似笑非笑，眼神明亮又带着怀疑。我虽然脸上没有一丝笑容，不过看上去也不生气。我们的表情清楚写着：我们被人打断了，一旦事情结束，我们就会继续走。

到了十二月，天气总算恢复正常，起风、变凉、下起雪。旧雪还未融化，新雪又落下。到十二月中，昌西已是白茫茫的一片。

妈妈仍时不时从远方寄来明信片，那些奇异的岛国永远处在绿油油的春天。随着时间的推移，这些明信片好像少了些什么。渐渐地，那些小岛的图片越来越不真实，我已经没有要造访那些地方的兴趣了。妈妈也变得越来越不真实，明信片背面的手写体看着像远房亲戚的来信。也许我们很快会跟这些亲戚碰面，也许不会。不论哪一种情况，生活都将继续下去。爸爸总算拿到了离婚证书，他开始越来越多地谈论在单位、俱乐部以及和朋友们聚会时认识的女性。

“也许我可以开始约会了。”爸爸试探我能不能接受他开始新的恋情。说这话的时候，我们坐在阳光房里，喝着热可可。爸爸在阳光房四周都装了防震玻璃。外面很明亮，阳光反射在雪地上。

“那很好啊。”我答他，我也是真心这么想的。

爸爸望向花园，微笑着说：“是啊，重新开始约会应该是很好的。”他眼里透着光，我很久没见他这样了。

那些充满妈妈痕迹的地方已被渐渐覆盖起来，那些曾经不折不扣地渴望她有天能回来的等待，也渐渐被一道结痂的记忆伤疤取代。

我在某个星期天问莉娜：“面对深爱的人死去，那是种什么感觉？”

“会哭很久，每天都哭。然后某天早晨醒来，发现自己不哭了，接着第二天早上又哭了，第三天又没哭。就这样反反复复、一点一点地好起来，直到觉得自己没事了。”

“那种感觉会全然消失吗？”我问莉娜，“你会有一天觉得自己彻底好了吗？”

莉娜摇摇头，说：“从没有彻底好过，不过我的人生还没到尽头呢。”

此刻我和爸爸坐在阳光房里，我们也不知道第二天早晨醒来还会不会因为妈妈的离开而伤心地哭，但那个早晨，阳光透过玻璃照进来，手里的热可可让我们感觉很温暖。那个早晨，我们还好。

第二十三章

我和莉娜都不是尖子生，我们的成绩总是起起落落。我可以上一周英语测试拿了90的高分，紧接着下一周就不及格。莉娜可能上周的数学测验考得绝佳，接着社科论文只拿个D。

爸爸看到我第一学期的成绩单，终于忍不住责备我了：“要是你肯老实坐下来学习，而不是整天跟那个叫莉娜的女孩瞎混，也不至于考这么差啊。”他晃着我的成绩单，满脸嫌弃，不情愿地签了字，递回给我，“你说你这样的成绩，怎么能上一个好大学。”

我翻了个白眼，没看他的眼睛。爸爸当年上俄亥俄大学获得全额奖学金，免交学费。我们俩都心知肚明，只要我成绩过得去，将来我也可以免费上俄亥俄大学。

可莉娜的情况就不同了。

她说："如果我成绩不进步，就不可能当艺术家了。我哪儿也去不了。"

"是啊。"我说。

那天的公园人很少，我们倚在秋千的围栏上。

"其实也没什么关系，"莉娜从背兜里掏出一支笔，在成绩单上签字，"有几个大学会要我这样的学生？"

"你可以争取奖学金，再努力些就好了。"

莉娜皱眉，说："我没法集中注意力。我总是走神，由不得我自己。"

"莉娜，你可以学着专心一点。"听到我自己的声音，我才意识到我在恳求她。她是那么绝望——好像世上所有的好事都不会发生在她身上。从第一天遇见她起，我就记住了她的眼神——雪莉称她是白色垃圾时，她的眼神。"你可以更努力一些。"我嘴上这么说，其实心里知道，莉娜在很早以前就丧失希望了。

我这才第一次意识到自己有多幸运，我是被命运优待的。爸爸是大学教授，我不必担心前途，不必担心没钱。等我满二十一岁，还能继承一笔财产。我不知道具体金额，但爸爸说那笔钱足够支付我余生的花销。我穿的衣服都价格不菲，爸爸在意东西的品质，不是天然纤维制品的衣物他决不让我买。我面前的莉娜，身穿一件破旧的运动衫，腿上是脏脏的牛仔裤。她从来没有穿过新衣服。不管怎么说，我的爸爸是爱我的。他是个好人，他爱我这个女儿。

“你在看什么呢？”莉娜打量了下自己。

“要不要我给你一些衣服？”

莉娜眯起了眼睛：“我要你的衣服做什么？”

我耸耸肩，说：“我可以给你一套衣服哦。”我脑海里浮现爸爸给我打造的步入式衣帽间，里面挂着一排排牛仔裤、衬衫、夹克、短裙……从这头到那头，挂得整整齐齐。衣柜下方是一排排的各式皮鞋和跑鞋。

“我自己有衣服，不需要你的蠢衣服。”莉娜说。

我像被人打了一拳，浑身泄气，望着光秃秃的树干，我努力把涌到眼眶边的泪水挤回去。我的衣服又不蠢，为什么我感觉自己这么蠢？

过了一会，莉娜摸摸我的肩，说：“嘿，玛丽。”

我转过头，见她从口袋里掏出一支香烟点燃，她望着烟蒂里的火焰。

“玛丽，我不是那个意思，”莉娜吸了一口，歪着嘴吐出一口烟，“我不需要别人的施舍，好吗？”

我耸耸肩，翻个白眼。也许她注意到我受伤的表情了吧。

“地球还是照样转，不是吗？”莉娜说着，拿着烟的那只手像过山车似的在空中上下滑动。

我说：“是啊，随你怎么说。”

莉娜好像没听到我说话一样，她继续说：“我家现在处于低谷，一点儿余钱都没有。不过也不会总是这样的。一天好，一天坏。大家都是这样的。”

“你不要我的衣服，就说不要好了。不必说它们是蠢衣服。”

“我说了对不起了。你知道我不是那个意思嘛。”

我知道，可我还是生气。我对这个世界感到愤怒。

莉娜指着迪翁说：“看这孩子！”迪翁朝我们走来，手里拿着一根树枝在地上滑，敞着的大衣拍打着她的手臂。

“你给我把大衣的扣子扣好！”莉娜冲迪翁喊，然后摇摇头说：“这孩子脑子缺根筋。”

迪翁穿的外套太大了，莉娜穿的外套又太小了。不过它们都足够厚重，足以御寒。也许对她们来说，这就足够了吧。

第二十四章

妈妈又寄来明信片。亚利桑那州，凤凰城。

这儿的天空燃烧成鲜橙色，

然后又枯萎成一片黑暗。

某人，还是某事？

离去了。

爱你们的，我

爱你们的我。我坐在厨房，盯着这张卡片。她是在请求我们爱她吗？她是不是觉得我们已经不爱她了？这些一半记事一半像诗的明信片，又算什么呢？一开始我很挫败，一遍一遍地要从字里行间捕捉更多有关妈妈的信息。可是，明信片里并不存在更多的信息。至少我什么都没有解读出来。事到如今，我只能从字面意义去理解妈妈寄来的这些明信片。有些问题我还是没有答案。她现在过得幸福吗？她还在继续吃药吗？她是不是想我想到心痛？她会怎么看待莉娜？

我望着窗外。前一晚刚下过雪，现在，一层阳光薄薄地照着地面，积雪融化成一条细细的河流，顺着房子侧边的楼梯流下来。几缕阳光映照在桌子上。窗外的光线夹杂着灰尘游移，没有方向地飘动。

门铃响了。我想等爸爸去开门，而后想起来今天是星期六，是他跟镇上的图书馆管理员罗丝约会的日子。

我听到迪翁在门外喊：“是我们，快开门呀，要冻死了！”

“玛丽，都是你不对哦。”我开门，莉娜迫不及待冲进来说，“是你教她学会享受泡泡浴的。”

迪翁跑到我们前头，说：“今天我要在浴缸里泡上一个小时！”

迪翁冲到楼上，直奔我的浴室，莉娜在后面喊：“好好洗洗你的耳朵！”

我也冲她喊：“你的衣服放我房间！”

只听浴室门哐当一声关上了。

“她肯定又会用很多泡泡，然后搞得浑身发痒。”莉娜说着，脱下大衣，跟我一起来到厨房。

我摇摇头，说：“沐浴露剩得不多了。”

“她最好给我留一点。”

“我又收到一张。”说着，我把妈妈寄来的明信片递给她。

莉娜盯着明信片上的图画看了好久才翻过来。“亚利桑那州谁想去啊！那里除了空气还有什么？”

“热气，”我说，“我看报纸上的天气预报说，那儿的气温要升到三十六摄氏度。”

莉娜抬了抬眉毛，说：“真是的！要是我们在那儿就好了。”

迪翁把睡衣也带来了。半小时后，她泡完澡穿着睡衣下楼了。“我没有在浴缸留下脏圈印哦。”说着，她在电视机前坐了下来。

“别坐这么近。”莉娜提醒她。迪翁往后退了一点儿，拿遥控器翻看星期六上午的卡通节目。她问：“你爸爸呢？”

我端给迪翁一杯热可可，说：“我爸爸出门约会去了。”说完，我就跟着莉娜一起上楼了。

迪翁转身翻了个白眼说：“真老套。”

莉娜喊我：“你可以进来了！”我推开浴室门，见泡泡埋到了她的脖子，浴室里满是蒸汽，一股肥皂香。莉娜手捧泡泡，开心地笑着。

我坐在马桶上，手里拿着奥黛丽·洛德[1]的《癌症日志》，问她：“还要听我给你念这本书吗？”这是妈妈留下的为数不多的书籍之一，我知道她有两本一样的书，所以才会留下其中的这一本。这是我从爸爸打包送去救世军的一箱书里偷出来的。我第一次给莉娜读这本书的时候，她说这就像窥探了别人的日记。这本书写的是作者奥黛丽自己与乳腺癌抗争的故事。

莉娜曾说：“这本书并没有让我对妈妈得了癌症的事感

1　奥黛丽·洛德（Audre Lorde, 1934—1992），美国非裔作家、女性主义者、人权运动活动家。她的诗歌和散文主题包括民权、女性主义，以及黑人女性身份等问题。

到伤心。我只是希望她还在世的时候，我就从书店偷了这本书给她。”

莉娜点点头，陷入浴缸，闭上了眼睛。莉娜的胸部还没有开始发育，而我的胸部也小得不值一提。可是，我们俩都很痴迷这本《癌症日志》。莉娜说：“好像我们在准备面对某件事。”只是我们俩都不知道那事情到底是什么。

我轻声朗读：“‘我发现，与绝望做斗争并不是闭上眼不去面对这巨大的挑战，也不是不去理会这疾病的残酷无情。要与绝望抗争，意味着要利用自身最重要的能量去学习、求生和抗争，并在此过程中找到喜悦。对我来说，这意味着既要认识外部敌人，也要认识内部敌人，认识到我所做的奋斗是女性共同体的一部分，我们要对地球宣告女性的力量，并且，让大家知道这场硬仗在我出生之前就开始了，到我死之后也不会停止……’”

“什么奋斗？”莉娜睁开一只眼问我。

“我猜……她指的是，活下去。”我说。

“好吧，接着读。”

“‘……还意味着，只要可以继续，我的生活、我的爱、我的奋斗对于他人就有了独特的力量和意义。’”

“‘这个过程就像是黎明时分在米西斯阔伊河[1]捕捉鳟鱼，静静品尝那片绿色的静谧，心里知道这美丽的景色永远属于我。’”

我停住，视线越过莉娜头顶，望向窗外。我的妈妈是不是也在米西斯阔伊河里捕鱼？

“玛丽，米西斯阔伊河在哪里？”

“我不知道。”

“绿色的静谧，你觉得是甜的吗？”

“大概是吧。”

莉娜叹声气：“我也想去米西斯阔伊河里捕鱼，去品尝甜美的绿色的静谧。”

“我也是。”

1　米西斯阔伊河（Missisquoi River），约130公里长，是尚普兰湖（Lake Champlain）的支流，在美国佛蒙特州北部和加拿大魁北克省南部。

第二十五章

莉娜变了。在学校看到她，她总是行色匆匆，从一堂课赶去另一堂课，也不等我。

我好不容易逮住她，她却对我说：“我不能迟到。”

“怎么就不能呢？你以前从不在意迟到啊。”

“现在不行了，不能迟到了。”

到了星期六，她也不再带着迪翁来泡澡了。再下个星期六，她们俩还是没来。

接下来的星期一，我问她：“你们俩以后星期六还来我家吗？”

“你是嫌我身上有味道吗？”莉娜冲我说，她的眼神黯然而凌厉。

我一定流露出受伤的表情了，莉娜很快抱了抱我，微笑说：“玛丽，我现在有点忙。”

“你在忙什么？”

“我在想办法让我和迪翁体验一番那个甜美的绿色静谧啊，希望还不晚。”

我点点头，快速说：“伦道夫公园。迪翁在那滑冰的时候，就是你要的静谧哦。我们今天去吧……”

莉娜握住我的手，把她的拇指贴在我的掌心，说：“玛丽，我真的想体验那番静谧。”

我突然说：“莉娜，你别走啊，千万别走。”

莉娜用手指摁住嘴唇，冲我眨了个眼，摇摇头。

我们手拉着手，一起朝下一节课的教室走去。

那天中午在食堂，雪莉走到我们这一桌。当时我和莉娜正在钻研她英语课的笔记。要是莉娜的成绩再好点，也许她就能安心留在这里，不去想那什么甜美的绿色静谧了。莉娜的脸凑得离书很近，鼻子都快贴上去了。

“嗨！”雪莉嘴里叼着一根吸管，走过来坐在我旁边打了个招呼。雪莉的头发现在跟我的差不多短。莉娜的头发比我们俩都长，这几个月来长过了耳朵。

“嗨，你好啊。”我回雪莉。

莉娜从书中抬起头。

“嗨。”雪莉也冲她打了声招呼。她们俩对视了许久，莉娜从嘴边挤出一个微笑，雪莉也回她一个微笑。我其实很想念雪莉。

莉娜说：“嗨，你好咯，有什么要分享的啊？”

雪莉把嘴里的吸管从一边挪到另一边，说：“啥事没有，鸡翅而已。”

我忍不住联想到这幅美丽的图景：我、雪莉、莉娜，我们三人手拉手，欢声笑语地走在伦道夫公园，就像马丁·路德·金[1]说的梦想——他希望有一天黑人女孩和白人女孩可以手拉手。是啊，我想，这完全可以啊，在我们仨身上就能实现。

1　马丁·路德·金（Martin Luther King Jr.，1929—1968），非裔美国人，美国牧师、社会活动家、黑人民权运动领袖。1963年8月28日在华盛顿林肯纪念堂发表了纪念性演讲《我有一个梦想》，以诚恳、直探人性的内容倡导种族平等。1964年被授予诺贝尔和平奖。

第二十六章

莉娜有天对我说："玛丽，有个办法，可以让两个人做一辈子的朋友。"我们俩坐在巨大的秋千上，慢悠悠地荡着，脚在地上的油帆布上懒洋洋地前后滑着。耀眼的阳光冲破层层白云，如亮闪闪的碎片。莉娜穿着一件工装外套，黑色的长款衬衫，一双黑色马丁靴，鞋带是黑红两色的。她今天的打扮真不错，我没问她这身衣服是从哪儿来的。

"什么办法？"我回她，其实我并不想说话。公园很空旷，我就想和莉娜这样静静地坐着。

"秘密。"莉娜说。

"怎么讲？"

莉娜猛地向后踢，把自己高高荡起，再及时用靴子拖拽地面让秋千停下来。

“朋友就得保守秘密。”

“我当然会保守秘密。”

“你会帮我保守我爸爸的秘密吗？”

我点头：“我说过我会的，不是吗？”

“但是你真能守住这个秘密吗？”

“当然。”

“现在你得告诉我一个关于你的秘密。一件你从没有对别人讲过，也永远不会对别人讲的秘密。”

“我给妈妈写信，”我说，“我什么都告诉她。”

莉娜看着我，皱起了眉头。“我以为你没有她的通信地址。”

“我是没有，这些信都没有寄出，它们都躺在我衣橱深处的盒子里。”

“噢。”莉娜陷入沉默。

“她不会回来了，我知道的。”

“是啊，”莉娜说，“我觉得也是。”

“我觉得没关系了。写这些信给她，可以让她渐渐地离开我的生活，另一方面……也让我觉得她还离我很近。”

“可是告诉她这些，等于没告诉任何人啊……”莉娜说。

"但还是说出来了啊。"

我伸出手，等着莉娜将它握紧。秋千上的我们荡得很高，高到要是我们想跃向天空，说不定就能飞起来。

第二十七章

莉娜不来学校了。我经过她的房子，不敢敲门进去。一群小孩在她家门口的碎石停车场嬉闹。我看了他们一会儿，犹豫要不要叫其中一个小孩去喊莉娜。然后又想，万一她爸爸在家怎么办？眨眼间，莉娜的房子变得模糊不清。房子里会不会正在发生什么事情？

然后，我不假思索地顺着停车场朝那座房子走去，使劲敲门。这是几个月前莉娜指给我看的房子，她说那是她家。

“是谁啊？”我听到里面传来迪翁的声音。

“我是玛丽。莉娜去哪了？”

迪翁出来了，把我堵在门口，她小小的身体裹在肮脏的睡衣里。我从她身上闻到一股浓重的气味，像猫的味道。她身后那间屋子灰蒙蒙的，好像盖着一层灰似的。

“嗨。”迪翁跟我打招呼。她嘴边有一圈牛奶印，还有些面包屑。快到吃晚饭的时间了。

“嗨，莉娜在吗？”我尽量让自己显得轻松随意。

“不在，她和爸爸出门了。”迪翁答。

我先是松一口气，继而感到一阵害怕。

“那谁照看你呢？”

“我自己。”迪翁抬起眉毛看着我，好像我刚刚问了世上最蠢的一个问题。

我紧张地望了望四周，对迪翁说：“告诉莉娜我来过，叫她打电话给我。”

迪翁点点头，关上了门。离开时，我瞟了一眼她们家窗户，见她一个人坐在电视机前。

那天晚上，我一直默默守在电话跟前，又不想让爸爸看出我在等别人的电话。七点的时候，爸爸过来吃晚饭，吃了我做的香肠和意大利面，然后去淋浴，准备出门约会。

“你觉得我这一身打扮怎么样？”爸爸站在楼梯顶端，紧张地问我。我放下手中的杂志，抬头看他的衬衫和西裤。

他剃了胡须，头发梳到脑后，还抹了头油，头发油亮油亮的。“你这一身很不错啊！”我说。

“真的吗？”

我笑了。这样的爸爸像个小男孩。

“爸爸，你真的帅极了。”我说。

他下楼的时候咧嘴笑了。

“我们就去吃点甜品，喝杯咖啡。”他走到门口给了我一个飞吻，“你乖乖的啊。”

我回他一个飞吻，说：“你才要乖乖的噢，千万不要惹事噢。”

他扬起眉毛，说：“啊——噢，青春期女儿的口气噢，这样不好噢。”

“没关系，爸爸。我的青春期就剩七年了，等你熬过这最糟糕的七年，接下来的日子就好过了！”

爸爸的车刚开走，电话铃就响了。没等它响第二声，我就连忙拿起了听筒。

“嗨，玛丽。”听到莉娜的声音，感觉我们之间隔得好远好远。

“你在哪里？”我几乎要冲着电话尖叫。“我去你家找你了，迪翁跟你说了吗？”

电话那头的莉娜笑了起来，我听得出来这笑声不是因为好笑。“她告诉我了，我跟我爸一起出门了。”

“去哪里了？”

莉娜又笑了。我记得她说过自己会因为紧张而笑——不是因为觉得什么事好笑才笑。

“莉娜，发生什么事了？”我感到一阵恶心。肯定出什么事了，一定发生什么不好的事了。

“他现在开始对迪翁动手动脚了，”莉娜说，“我叫他只碰我就好了，求他别碰迪翁。”她笑得越发用力了，我几乎听不清她在讲什么。“但他只是骂我，骂得很难听。我得为我自己和迪翁想办法。玛丽，我得想办法。”

“我要报警了，”我说，“我要告诉警察——”

“不要报警！”我听到莉娜沉重的呼吸，上气不接下气地。她在电话那头说：“玛丽，我要带她离开这里了，玛丽，我和迪翁要离开了。”

“也许你们俩有办法能留下来，让我试试报警……”

“玛丽，我们要走了。我想跟你说一声。等我们到了新的地方，我会给你写信的，我发誓。”

“莉娜，别走，”我哭出来了，“我们可以找人帮我们的，求你不要走！”

“我会给你写信的，玛丽。”电话那头挂断了。

我握着电话迟迟不放，直到听筒里传来对方已挂断的提示音。我盯着听筒，此刻我什么都不要，只希望妈妈能在我身边。

第二十八章

莉娜和迪翁以前的住处门口已经挂起了“招租”的牌子。我每天经过这里，已经把招租牌上白色字母和红色背景交织的图案记得清清楚楚了。我知道窗户的第四格玻璃沿着对角线裂开了。我还知道，如果你把脸贴在玻璃上，就能看到屋里的样子。里面满是结成球的灰层，四处飘散。屋子一角有一把倒置的扫帚，硬毛部分抵着蓝灰色的墙面。屋顶上挂着一只光秃秃的灯泡。地面中央是一张白纸，纸上是一幅小小的图画。在大门外，我找到一张笔记本上扯下的纸，看字迹是莉娜的，上面写着：埃琳娜·塞西莉亚·布赖特和她的妹妹艾迪翁·凯·布赖特曾住在这里。看到迪翁的全名时，我哽咽了，以前我都不知道她的全名。还有什么是我不知道的？莉娜是不是故意留下这张纸片让我找到的？她一定没想到我已经把这张纸塑封好，放在抽屉的一角，随时拿出来看一眼。我用这种方式纪念她们俩。

每天早晨，我都期望在牛奶硬纸盒上看到她们姐妹俩粗粝的脸[1]。那既哀伤又坚强的脸，望向这世界，问它敢不敢说出她们离家出走的真相。

每天早晨，爸爸都来到我房间，捧着我的脸，问我还好吗。他的手比我记忆中更柔更暖。一开始，我扑到他怀里哭泣，这双手略带尴尬地轻拍我的后脑勺。“哭吧，玛丽，”爸爸小声说，“哭出来没事的。”他好像在告诉我，为生命中离去的那些人哭泣，是可以的。

但现在，爸爸捧着我的脸颊注视我的眼睛时，他无法理解，我的眼泪已经被一种牢不可破的东西替代了。我内心有种甜美、绿色的静谧在呐喊，太好了！太好了！她们逃走了！不过我还在等，等她们逃得更远。

我想象迪翁和莉娜并肩走着，大手握小手，迪翁的运动鞋踢着路上的石子。我想象她们俩并肩走过世上所有美丽的地方。

1　二十世纪九十年代在美国，人们曾把失踪儿童头像印在牛奶包装盒上。

有时候，我感觉莉娜就在我背后，她的呼吸带着烟味，很暖。有时候，我感觉她的身影就在教室那张空位上，我甚至能听见她撕开纸杯蛋糕包装纸的声音。

妈妈又寄来了明信片，上面写着："每天早上醒来，你都无法预知这一天会过得怎么样。"出门前，我给她写了回信："是啊，妈妈，你无法预知。那又如何呢？你总能挺过去，只要你足够坚强——挺过去并继续生活！"我把这张纸片放进衣橱深处，那里有一摞给她的回信。

走到伍尔沃思转角处，一阵凉风吹来。我像鱼一样张嘴闭嘴，抬头让大口空气涌进喉咙，丝毫不在意别人怎么看。迪翁和莉娜，两个漫游在外的女孩。我笑着把眼泪堵回去，突然我觉得自己老了一百岁。我只有十二岁啊。我想大声呐喊，可是我没有。我转身跑去雪莉家，我知道再过三周，这世界就会变得仿佛莉娜从未来过一样。时空让我们快速相聚，又转眼间让我们回到从前。

我们都是人啊。我听到莉娜的声音说。

"是的，"我轻声呼唤，伸手去按雪莉家的门铃，"为什么我们不能把彼此当人对待呢？"

作者的话

故事发生在哪里：

俄亥俄州的小镇：昌西。

我在哪儿写成这本书的：

马萨诸塞州的普罗温斯敦，还有纽约的布鲁克林。

我为什么要写这本书：

我想写一本关于友谊的小说，展现种族主义和阶级主义的破坏性。我还想在这本书里提及“秘密”这个话题，我想对我的青少年读者们说：“不要害怕，你不是一个人。”

关于作者

你最喜欢的颜色是？

蓝色，偶尔也喜欢绿色，但最喜欢蓝色。

你最喜欢的食物是？

比萨。

你不喜欢的食物有哪些？

牛油果、香菇、洋蓟、红莓、木瓜、肉类、抱子甘蓝、苜蓿芽、麦片……还有很多，我先说到这儿吧。

你有兄弟姐妹吗？

我有一个哥哥、一个姐姐、一个弟弟。虽然我身高一米七八，但我是家里最矮的人。

你在哪里出生的？

我出生在俄亥俄州的哥伦布，不过童年大部分时间在南卡罗来纳州的格林维尔度过。七岁的时候我们全家搬去了布鲁克林。

你学生时代最喜欢哪门课？

我喜欢英语和一切跟写作有关的课程。我的数学和科学成绩都很糟糕。我喜欢体育和西班牙语，那些可以唱唱跳跳的学科我都喜欢。除了看书，我是不太坐得住的。喜欢的书我可以一读再读。

你从前和现在都喜欢读哪些书呢？

我小时候喜欢读维吉尼亚·汉密尔顿、朱迪·布鲁姆写的书，还喜欢读奥斯卡·王尔德写的《自私的巨人》、安徒生的《卖火柴的小女孩》，还有约翰·斯特普托写的《史蒂夫》。近年来我喜欢的作家和插画师越来越多了，举例说：克里斯·拉西卡、克里斯·林奇、克里斯·迈尔斯——我喜欢他们的书可不是因为他们都叫克里斯！我还喜欢安·纳、凯伦·海瑟、卡西米拉·谢思、米尔德丽德·泰勒、詹姆斯·鲍德温、安妮·拉莫特、罗莎·盖伊、克里斯托弗·保罗·柯蒂斯、沃尔特·迪安·迈尔斯、霍普·安妮塔·史密斯、卡森·麦卡勒斯、雷蒙德·卡佛、奥黛丽·洛德……还有很多很多呢。

你为什么这么喜欢写作?

因为写作让我幸福。哪怕是写不出来的时候，故事失衡的时候，写作仍让我感到快乐。

你去过哪些地方?

我去了全美五十个州，遇见很多很酷的年轻人。美国之外，我去过英国、法国、德国、波多黎各、伯利兹、墨西哥。还有几个我记不清名字的地方。

你说几门语言?

主要说英语，也懂一点儿西班牙语，我还会一些美国手语。十分紧急的情况下，我也能用法语和德语帮自己找到卫生间。

你的书被翻译成哪些语言出版了？

意大利语、荷兰语、他加禄语、法语、西班牙语、德语、日语、汉语、土耳其语，还有其他几门语言的译本，我一时想不起来了。

你觉得写作难吗？

难。任何一件你想要做好的事都有难度。修改文稿有难度，构思新的主题也有难度。但也正是因为有难度，才有成就感，觉得这份事业很值得。

你有没有文思枯竭，写不出来的时候？

从没有。我不觉得作家会有写不出来的时候。在我看来，这是你的大脑在说：你现在写的并不是你真正想写的。如果我遇到这种情况，我就换个思路写点儿别的。

你有孩子吗？

我有一个女儿，名叫托希；还有个儿子叫杰克森-勒罗伊。拖希这个名字来自她的教母托希·里根——一名非常酷的歌手。

你的第一份工作是什么？

我还在蹒跚学步的时候，就在《乌木》杂志上给阿拉加糖浆做了一系列广告。那会儿我才两岁，不过看起来比同龄人大得多。广告里，我是一个想念阿拉加糖浆的学龄儿童。我印象中自己并不喜欢拍广告，不过理论上说那是我的第一份工作。

你都听什么音乐？

托希·里根、乔妮·米切尔、坎耶·韦斯特、泰利巴·奎力、布鲁斯·斯普林斯汀、黑眼豆豆、纳斯、蓝色少女合唱团、安妮·迪弗兰科、埃米纳姆，还有《自由你我》整张原声带。

你一般同时创作几本书？

我一般同时写两到三本书。要是觉得其中一本乏味了，或者我的灵感僵住了，我就转移到另一本上。

你通常在哪里写作？

我在布鲁克林的家里专门布置了一间屋子用来写作。有时候我也去曼哈顿一个叫“作家的房间”的地方写作。还有的时候我去展望公园，坐在那儿的露台上写作。只要我脑袋里冒出一丝灵感，不管我人在哪里，手边有没有纸笔，我都随手找东西记录下来。

在你所有的著作里面，你自己最喜欢哪一本？

没有最喜欢的。每一本我都喜欢，每一本都各有所长。有时候我写完一本书之后很久，还会想书中的人物。

如果不当作家，你会做什么呢？

加入NBA去打篮球——帮纽约尼克斯队赢球！

你有一天会停下手中的笔吗？

当我停止呼吸的时候。

1963年2月12日[1]

我出生在一个星期二，

于美国俄亥俄州哥伦布的一所大学医院，

彼时的美国，

正处在黑白种族的对立分裂之中。

在我出生前不久，

在离我出生地不远的，

祖祖辈辈辛勤劳作的地方，

土壤肥沃，

他们从黎明劳作到黄昏。

没有歇息，没有报酬，

1 接下来的几首诗歌描写的是作者杰奎琳·伍德森的出生及其家族的历史。

他们用瓢形的葫芦舀凉水喝，
他们抬头仰望天上的星群，
跟着它们走向自由。

我出生时，南方爆发了动乱，
太多的人，当了太久的奴隶。
一朝解放，
他们还是没能获得自由。
这些和我一样肤色的人们，
仍在斗争，
仍在游行，
仍在被杀害，
所以那一天——
1963年的2月12日，
和这以后的每一天，
和我一样有着棕色皮肤的孩子们，
得以自由地长大，
得以学习、投票、行走、骑车，
做他们想做的事。

尽管我出生在俄亥俄州，

但南卡罗来纳州的故事，

已经流动在我的血管里。

二女儿来到世上的第二天

我的出生证上写着：女黑人。

母亲：玛丽·安·厄比，22岁，黑人。

父亲：杰克·奥斯汀·伍德森，25岁，黑人。

在亚拉巴马州的伯明翰，

马丁·路德·金正在策划一场华盛顿大游行，

时任总统是约翰·肯尼迪。

在哈莱姆，马尔科姆·艾克斯站在街头发表革命演说。

大学医院的窗外飘起了雪花。

俄亥俄州广阔的地面已被白雪覆盖。

在蒙哥马利，
距罗莎·帕克斯拒绝在公共汽车上把座位让给白人，
才过去七年。

我生下来就是大眼睛、棕色皮肤、黑色头发。
在这里我生而为黑人，在别处是有色人种；

在别处，为自由而战的歌手们手挽手，
把游行化作歌曲：
我心深处，
坚信我们有天会战胜这一切。

在别处，
詹姆斯·鲍德温在一本本书中记录不公，
他的每一本小说，每一篇散文，都在改变世界。

我还不知道我将会成为什么人，
我要说什么，
我会怎么说……

不到三年，一个棕色皮肤的女孩，鲁比·布里奇斯
走进了一所全是白人的学校。
持枪的警卫将她团团包围，
上百个白人朝她吐口水，辱骂她。

她只有六岁。

我不知道自己会不会像鲁比那样坚强。
我不知道当我会走路、说话、写字……的时候，
这世界又会是什么样子。
又是一个俄亥俄人！
护士对我妈妈说。
就这样，我已经被冠上了这个州名。

俄亥俄，七叶树之州。
我的手指自动捏成一个拳头，
妈妈说，每个婴儿的手都是这样的。
我不知道这一双双手是否会变成
马尔科姆高高举起的拳头，

马丁张开的、寻求答案的手掌，
詹姆斯紧握着笔的手，
我不知道这一双双手，能否成为下一个：
罗莎的手或
鲁比的手。
戴着轻柔的手套，
握紧了拳头，
平静地搁在膝上、桌边、书旁，
准备改变世界……

一个叫杰克的女孩

我觉得这是个不错的名字啊，
为什么不能叫她杰克呢？
我出生的那一天，父亲说。

家里的女人们不同意。
首先是母亲，
然后是姑姑们。
她们帮我盖好粉色的被子，
拍拍我浓密的鬈发，
拉扯我崭新的脚趾，
摸摸我的脸颊。

我们不能叫一个女孩杰克啊，母亲说。

父亲的姐妹们小声嘀咕，
一个男孩叫杰克已经够糟糕了。
只有我母亲听见了。
父亲说，给一个女孩取名杰克，
她就别无选择，只得坚强地长大。
父亲还说，把她好好养大，
她自己会为这个名字争气。

父亲还说，给一个女孩取名杰克，
人们会多看她一眼。

母亲回他：人们多看她一眼不会是因为别的，
而是怀疑她父母疯了，取这么个名字。

大人来回争执，直至确认我应该叫杰姬，
父亲懊恼地离开了医院。

母亲对姑姑们说，把笔递给我。

她写下：杰奎琳，

以防有人抹去名字末尾的“ie”[1]。

为防万一，就叫杰奎琳。

我于是在离“杰克”这个名字远一些、

再远一些的愿望中，

慢慢长大了。

1 “杰姬”（Jackie）去掉了 ie 就变回了“杰克”（Jack）。

俄亥俄州的伍德森一家

我父亲的家族可以追溯到
奇利科西的托马斯·伍德森，
听说他是托马斯·杰斐逊和萨莉·赫明斯的儿子，
也有人说，这并非实情，不过……

俄亥俄州的伍德森家族知道
他们的前人在这里留下了什么。
《圣经》中，故事中，
历史长河里都留下了他们的足迹。

所以，

你问问任何一个伍德森，

为什么这个姓氏的人

许多都做了医生、律师、教师、政府公职人员，

他们会说，

我们的开端是良好的，

托马斯·伍德森对我们怀着崇高的希望。

他们会身体后倾，手指交叉放在胸前，

露出悠长的微笑，说：

一切都要从托马斯·杰斐逊之前讲起

奇利科西的托马斯·伍德森……

就从那里开始，讲讲我们悠远的故事。

纳尔逊维尔房子里的幽灵

这镇上的黑人家族不多，
伍德森家族就是其一。
他们的房子坐落在山腰上，
那是一幢白色的大型建筑。

抬头透过高高的窗户看看这一家，
厨房里洒满了阳光，
稀薄的纳尔逊维尔的阳光。
客厅里的壁炉烧着，
把温暖递给俄亥俄州漫长的冬天。

再看，转眼就到了春天，

金色的光线飞舞在松木地板上。

这里一度满是孩童，
在房子里疯跑，
楼上楼下地跑。
他们在床底下和大皮箱里躲猫猫，
还偷偷溜进厨房
偷吃一口冰盒里的蛋糕，
偷咬一口冷了的炸鸡，
还有妈妈做的蜂蜜火腿……

我的父亲曾是这里的一个婴儿，
然后他长成了小男孩……

那是很久以前的事了。

照片里的祖父高过所有人，
祖母也只比他矮了一寸。
照片墙记录了孩子们的成长瞬间：

在田野间奔跑，
在泳池里嬉戏，
和一屋子的青少年们跳舞，
他们统统都
长大了，离家了——

不过等等！
近看还有艾丽西亚姑姑。
照片里的女宝宝，
一头鬈发盘旋在她的肩上，
她的小手捧着一束鲜花，
照片里的她才四岁，已经开始阅读了。

艾丽西亚姑姑另一张照片旁是我父亲杰克，
他是家中的长子。
照片里的他八岁，看起来气呼呼的，
是不是某个我们不知道的人惹他生气了？

另一张照片是我的叔叔伍迪，

一个男宝宝，

照片里的他笑着，手指远方，

不知是在指身后的纳尔逊维尔房子

还是站在尽头的哥哥。

姑姑安妮身穿护士服，

姑姑艾达穿着印有她大学标识的毛衣，

他们骨子里是俄亥俄人……

他们是希望与恩典的孩子。

再近看，我也在其中。

在杰克皱起的眉头间，

在艾丽西亚姑姑诡秘的笑容间，

在格蕾丝手臂的弧线间……

我就在那里……

这就是故事的开头。

会有恐惧的时候

我父亲的曾曾祖父出生在俄亥俄州时，
是自由之身。

那是1832年。

他徒手建起了家园、农场，
农耕不够养家的时候他就去挖煤，
打起仗来，奋勇去前线参战，
他的名字就刻在内战纪念碑的石头上：

威廉·J. 伍德森
美国彩色部队，

B连第5团。

他和华盛顿纪念碑上其他士兵们的名字在一起，
逝世许久，精神永存。

他的儿子被送去了纳尔逊维尔的一个姑姑那儿。
威廉·伍德森
是白人学校里唯一的一个黑人男生。

母亲总是一遍又一遍地告诉我们：

总有一天你要面对生活抛给你的这个处境。
走进房间的那一刻，
你发现没有人和你肤色一样。
会有恐惧的时候，
但想想威廉·伍德森，
你会好起来的。